Jamuna

Jamuna Devi

Jamuna

Roman

eichborn

1. Auflage 2011

Umschlaggestaltung: studio grau, Berlin
Foto, Schmuckdesign: Margaux Lange
www.margauxlange.com
www.midgesmind.blogspot.com
Lektorat: Karsten Kredel
Ausstattung, Typografie: Susanne Reeh
Satz: Greiner & Reichel, Köln
Druck und Bindung: CPI – Clausen & Bosse, Leck
ISBN 978-3-8218-6158-6

FSC www.fsc.org MIX Papier aus verantwortungsvollen Quellen FSC® C083411

Eichborn Verlag, Kaiserstraße 66, 60329 Frankfurt am Main
Mehr Informationen zu Büchern und Hörbüchern aus dem Eichborn Verlag finden Sie unter www.eichborn.de

für HP

Das Mädchen im Film tastet sich im Halbdunkel an einer Wand entlang, als sei sie blind, oder als sähe die Kamera und damit wir viel mehr als das Mädchen.
Der Mann, der mit mir in einem Raum ist, hat die Klimaanlage ausgeschaltet, er verträgt die Luft nicht, und hat die Fenster geöffnet, es ist sehr heiß draußen, über dreißig Grad, total windstill, und hier im Zimmer wird es nicht viel kühler sein. Wir schauen auf einen großen Flachbildschirm.
Das Mädchen tastet sich weiter an der Wand entlang, die Kamera schwenkt von ihr weg, und ein Sofa kommt ins Bild, darauf sitzt ein älterer Mann in T-Shirt und Jeans und Cowboystiefeln. Er lächelt in die Kamera. Dann hört man, dass das Mädchen gegen irgendetwas stößt, einen Blecheimer, wie man gleich darauf erkennt, denn sofort schwenkt die Kamera vom Geräusch aufgeschreckt dorthin.
»Das habe ich mir einfach mal gegönnt«, sagt der Mann, der mit mir in einem Raum ist.
Ich nicke abwesend, so als sei ich völlig gebannt von dem, was ich sehe.
Die Kamera zoomt zurück, und nun sind beide im Bild, der Mann steht auf und sagt:
»Warte, ich helfe dir.«
Er geht auf das Mädchen zu und greift sie am Arm und lässt die andere Hand kurz über ihren Rücken gleiten.
Sie sagt:
»Oh. Danke schön.«
Er führt das Mädchen an einer Hand zum Sofa.
»Wer sind Sie denn?«, fragt sie verschüchtert.

Der Mann lächelt verschwörerisch in die Kamera.
»Ich bin dein Freund.«
Das Mädchen tastet nach der Sitzfläche und setzt sich vorsichtig hin.
»Du bist schön«, sagt der Mann.
»Ich weiß nicht«, sagt das Mädchen.
Ich denke, woher soll sie das auch wissen, sie ist ja offensichtlich blind.
»Und du möchtest dich in dieser Fabrik als Sekretärin bewerben?«
»Ja, ich glaube schon.«
»Kannst du denn alles, was da erforderlich ist?«
»Ich habe meine Zeugnisse mitgebracht«, sagt sie, dabei hat sie offensichtlich nichts dabei, außer dem, was sie am Leib trägt, und auch das ist nicht viel.
Er streicht ihr die Haare aus dem Gesicht, und sie sieht ihn an, also jedenfalls wendet sie sich ihm zu.
»Das ist ein guter Film«, sagt der Mann, mit dem ich mich in einem Raum befinde. Er nickt anerkennend.
Ich habe dazu noch keine Meinung. Das heißt, eigentlich schon.
Der Mann im Film fragt das Mädchen im Film, ob ihr nicht heiß sei nach der Anstrengung. Sie nickt schüchtern.
Dann hilft der Mann ihr, das Trägershirt auszuziehen.
Jetzt ist es schon viel besser.
Aber es kann noch viel besser werden, denkt der Mann und kniet sich vor sie, um ihr aus der Hose zu helfen.
Das Mädchen findet das anscheinend ganz normal.
»Dann wollen wir mal«, sagt der Mann.
»Ich bin die ...«
Der Mann zwinkert der Kamera zu.
»Das ist nicht so wichtig.«
Ich nippe an meinem Campari, ich mag eigentlich keinen Campari, jedenfalls ist mir schon mal schlecht davon geworden, aber

der Kunde ist König, und wenn der Kunde Campari mit mir trinken will, dann trinke ich eben Campari, schließlich muss ich noch ganz andere Sachen machen, und da fragt auch keiner, ob mir vielleicht schlecht davon wird.

Der Mann auf dem Bildschirm fasst die Brüste des Mädchens an und spielt und zieht an ihren Brustwarzen, die noch von einem orangefarbenen BH bedeckt sind.

»Was machen Sie da?«, fragt das Mädchen.

»Nichts«, sagt der Mann. »Das ist ganz normal.«

Der Mann, mit dem ich mich in einem Raum befinde, hat sich mittlerweile neben mich gesetzt und streichelt mit seiner alten Hand meinen Nacken. Die Berührung einer großen schwarzen Spinne, und als ich das denke, bekomme ich Gänsehaut, denn ich hasse Spinnen, ich hasse Spinnen immer noch, während der Mann im Film sein T-Shirt auszieht und ein durchtrainierter Oberkörper zum Vorschein kommt. Das war wohl nicht anders zu erwarten.

»Jetzt geht's gleich los«, sagt der Mann, der meinen Nacken streichelt.

Der Mann, der meinen Nacken streichelt, ist bestimmt über fünfzig und hat sehr behaarte Arme, er zieht gerade seine Schuhe aus, und wenn ich auch zugebe, dass es schwerfällt, beim Schuheausziehen eine gute Figur zu machen, so widert mich das alles an, seine Speckrollen im Nacken, wie er gleichzeitig auf den Bildschirm glotzt und sich die Schuhe von den Füßen zu ziehen versucht.

»Was ist denn das?«

»Das habe ich extra für dich mitgebracht.«

Das Mädchen im Film, sie ist drei oder vier Jahre älter als ich, freut sich anscheinend über das, was er ihr mitgebracht hat. Dabei hat der durchtrainierte Mann noch seine weißen Tennissocken an. Aber das sieht sie ja vielleicht nicht. Obwohl, jetzt, mit seinem Geschenk im Mund, schaut sie zu ihm auf und hat anscheinend ihr Augenlicht wiedererlangt.

»Zieh dich aus«, sagt der Mann zu mir. Er schwitzt.

»Gleich«, sage ich und tue so, als sei ich ganz besonders an dem, was auf dem Bildschirm passiert, interessiert.

»Die ist damit berühmt geworden«, sagt der Mann, mit dem ich mich in einem Raum befinde. »Die hat dann sogar in einem ernsten Film mitgespielt.«

Die junge Frau hat sich auf den Rücken gelegt und ihr Kopf hängt hinten so hinunter, dass ihre schwarzen Haare den Boden berühren, das Sofa hat keine Armlehnen. Der Mann schiebt ihren orangefarbenen Slip zur Seite und dringt schnell in sie ein.

Sie wirft die Arme nach hinten, ihr Gesicht soll so was wie völliges Erstaunen ausdrücken.

Wenn es überhaupt etwas gibt, das mich an Pornofilmen erregt, dann dieses erste Eindringen. Aber jetzt nicht, nicht in Gegenwart dieses Mannes. Jetzt ist mir einfach nur heiß und schlecht, und am liebsten würde ich mein Glas in den Bildschirm schleudern (mich tröstet bloß das Flugticket in meiner Tasche).

»Wie heißt du eigentlich?«

»Jamuna.«

»Nein, ich meine wirklich.«

»Jamuna.«

1

Mir gefallen das Sonnenlicht und die Kirschbäume und der Geruch nach Sommer und meine neuen Sandalen, die gefallen mir ganz besonders, weil meine Füße so schön sind.
Der Mann, den ich für den Geliebten meiner Mutter halte und dem ich folge, seit er das Haus verlassen hat, in dem wir wohnen, trägt Levi's und ein schwarzes T-Shirt, und ja, er gibt mir auch eine Zigarette, also laufen wir rauchend nebeneinander her.
Er sagt nicht: Gehen wir zu mir. Und deshalb kann ich auch nicht antworten: Sehe ich danach aus?
Das passt gar nicht zu diesem coolen Typen, dass er noch was einkaufen muss. Es handelt sich um einen schönen Mann, so Ende zwanzig, jedenfalls viel zu jung für meine Mutter, kurzrasierter Schädel, braungebrannt, vielleicht Italiener, kein Türke oder Araber, da würden bei mir alle Alarmglocken schrillen. Also dieser Mann muss jetzt noch einkaufen. So was ist ihm auch noch nicht passiert, dass ich so einfach ohne Aufforderung neben ihm herlaufe.
»Ich habe ein Tattoo überm Hintern.«
Ja, ich glaube schon, dass ihn das interessiert, auch wenn es nicht stimmt.
»Schön.«
Ja, schön, aber ich möchte nichts Schönes mehr, bin selbst schön, das Schöne hängt mir zum Hals raus.
»Was stellt es denn dar?«
Ein Tribal. Zu welchem Stamm ich gehöre, das weiß ich selbst nicht so genau.

»Glaubst du alles, was man dir erzählt?«, frage ich, damit er direkt weiß, wo er dran ist.
»Ja.«
Dann träum weiter. Der schöne Mann, vielleicht ein bisschen zu alt für mich, ist auf dem Weg zum Einkaufen und hat nicht damit gerechnet, dass er meine Gesellschaft umsonst bekommt. Es sieht nicht aus, als könnte er sein Glück schon fassen.
»Frau? Kinder?«
»Zwei Katzen.«
»Ich liebe Katzen.«
Besonders, wenn sie tot am Straßenrand liegen, aber das sage ich nicht, und das stimmt auch nicht, mir fallen bloß immer solche Sachen ein. Katzen sind so flauschig, wuschig und selbstisch. Das Wort gibt es, auch wenn ich es gerne erfunden hätte.
Ein Kirschbaum wirft Blütenblätter auf uns runter und die Sonne scheint, wir haben das Ende der Straße erreicht, und er biegt zum Supermarkt nach links.
Menschen stehen herum und trinken Bier. Der Wind kräuselt die Wasseroberfläche des Landwehrkanals, große weiße Vögel durchgleiten die Fluten, und Enten auch.
Das Motto des Supermarktes (prima leben und sparen) habe ich mit einer Freundin etwas zu wörtlich genommen, und deshalb habe ich dort Hausverbot, aber da sitzen immer andere Menschen an den Kassen, und die Behinderten von der Security kommen mir nicht bekannt vor.
Wir gehen rein.
Er nimmt sich einen Korb.
»Kleiner Einkauf heute.«
»Ja.«
Der Jasager. Er nimmt eine Packung Milch, Bio, und eine Viererpackung Sheba, also kein ganz armer Mann, das passt ja. Dann weiß er nicht mehr weiter.

»Was brauchst du denn noch so?«

»Keine Ahnung.«

»Mach ich dich nervös?«

»Ich kann mich nicht konzentrieren.«

»Du musst aufschreiben, was du willst. Mache ich auch immer. Das hilft.«

»Danke.«

»Gefalle ich dir denn ein bisschen?«

Ja, ich gefalle ihm, obwohl er lieber nicht antwortet.

Wir gehen zur Kasse. Er fragt mich, ob ich einen Schokoriegel will, oder ein Eis. Eine nicht ganz altersgemäße Frage.

Da möchte ich ihn doch fragen, ob er Kondome zu Hause hat.

Das Gespräch findet an der Kasse statt, ein paar Menschen spitzen die Ohren.

Natürlich ist er froh, als wir wieder aus dem Laden raus sind.

Draußen kläffen uns zwei angebundene Hunde an, sie wittern ein Verbrechen.

»Ich bin Jamuna, gehen wir was trinken?«

Der Mann ist wirklich hübsch, so unsicher und verletzlich. Ich kann meine Mutter verstehen, obwohl ich sie dafür hasse. Und er sagt mir noch nicht mal, wie er heißt.

Mittlerweile gehen wir über die Kottbusser Brücke. Über das Geländer bin ich mal balanciert, eine Wette, aber ich glaube nicht, dass ihm das imponiert.

»Was willst du eigentlich von mir?«

Das ist nicht gerade charmant.

Die Abendsonne, vielleicht hat er die schwarzen Ränder unter meinen Fingernägeln bemerkt, und denkt, ich bin ein Kind von der Straße, ein Straßenkind, aber das ist das Henna, wenn man nicht aufpasst, färbt es nicht nur die Haare.

»Mein Vater ist Libanese, ich habe keine Brüder, aber mein Vater wird dich umbringen.«

»Ja«, sagt er, »vielleicht. Aber Jamuna ist doch kein libanesischer Name.«
Kluges Köpfchen. Ich habe ja auch nur gesagt, dass mein Vater Libanese ist. Jamuna ist mein Kampfname, den habe ich mir hauptsächlich zugelegt, um Amrit zu erobern.
»Ja, und deshalb heiße ich auch nicht wirklich Jamuna, sondern Rike.«
Jetzt habe ich ihn endgültig verschreckt. Er sagt, dass er nach Hause muss, aber dass er es schön fand, mich kennenzulernen. Fehlt nur noch, dass er mir die Hand gibt.
Er sagt dann aber doch:
»Gehen wir was trinken.«
Und damit habe ich gewonnen.
»Heute nicht. Ich muss nach Hause.«
»Sehen wir uns wieder?«
»Das spielt jetzt keine Rolle, gib mir deine Nummer.«
Eine verwirrte Frau wirft Brotstücke zu den Schwänen und Enten hinunter, und da sie nicht aufpasst, trifft sie auch das Ausflugsboot der Reederei Riedel, und ihr Müll landet auf den Tischen und in den Gläsern und auf den Köpfen der Touristen. Er gibt mir seine Handynummer, und ich gebe ihm meine, beziehungsweise die meiner Bewährungshelferin, ich denke, das ist besser so. Er ist damit ganz zufrieden. Wird er mich anrufen? Kann er gar nicht. Werde ich ihn anrufen? Ich glaube nicht. Ich muss um halb acht zu Hause auftauchen und die Geschwister ins Bett bringen. Die Katze bleibt hungrig. Die Menschen gehen nicht sorgfältig genug mit ihren persönlichen Daten um.

2

Dieses Buch gehört: mir
Klasse: –
Schule: –
Lieblingsfreundin: Nhilmini, Aishe, Gott
Lieblingsfach: keins
Hobbys: Prinzenbad, Fitnessstudio
Lieblingsbuch: –
Lieblingsfarbe: Blau, Rot, Gelb, Grün, Orange
Lieblingsband: viele
Lieblingsschauspieler: Brangelina
Lieblingsessen: keine Tiere
Ich schwärme für: niemanden
Ich möchte ___reich___ werden!
Ich hasse: Krieg, Ölpest, Ungerechtigkeit (Spinnen)
Lieblingsspruch: Fuck me now, love me later.

3

Im Treppenhaus begegnet mir Achmet. Er heißt eigentlich Mehmet, aber ich nenne ihn Mamut. Er hat sechshundertsechsundsechzig Taschen und Tüten dabei und schwitzt. Die Frauen haben ihn anscheinend zum Markt geschickt.

Ich habe ihn schon überholt, weil er sich wegen der Tüten und seiner Würde so langsam bewegt, da fällt mir noch was ein.

»Weißt du, mit wem deine Schwester es treibt?«, frage ich, weil es mich wirklich interessiert.

»Ach, hals Maul«, sagt er, aber keineswegs unfreundlich.

Da fehlt ein Laut.
»Du willst es gar nicht wissen?«
Fast bin ich schon weg und etwas enttäuscht, aber dann fragt er doch lieber nach.
»Welche?«
»Die Mittlere«, sage ich auf gut Glück.
»Scheiße, ich hab's gewusst.«
Da bleibe ich dann doch stehen und lasse Mamut zu mir aufschließen.
»Ich meine, was haben die gefressen? Die wissen doch, dass ich da bin, und dass das Ärger gibt. Die werden in die Hölle fahren.«
Das sagt er, um mir zu imponieren, und es imponiert mir so, dass ich mit dem Gedanken spiele ihm weiterzuhelfen.
»Du warst einkaufen?«
»So sieht's aus, Schwester.«
»War ich heute auch schon.«
Er sieht an mir herunter.
»Hast aber nix gekauft.«
»Nö.«
Seine Schwestern gehen ihm einfach tierisch auf die Nerven. Zickenstyle ohne Ende, die Klamotten so kurz es geht über dem Babyspeck, Schminke bis der Arzt kommt, vier Handys an jedem Finger, ständig piept und surrt es und macht Musik, der reine Terror.
»Man muss die Familie beschützen«, sagt Mamut.
»Das ist wichtig«, sage ich.
»Ich bin sonst nicht so extrem, aber das Schwein muss bluten. So was von bluten.«
Er meint es nicht ganz ernst, aber ein bisschen schon.
Ich nicke.
»Kennst du den?«
Natürlich, mit so einer Frage muss man dann rechnen.
»Nö, ich glaube ein Deutscher, nicht mehr ganz jung. Ganz kurze

Haare, fast keine, um genau zu sein, ein Glatzkopf eben, sieht wahnsinnig potent aus.«
Mamut findet das nicht witzig.
»Willst du mich provozieren?«
»Wo denkst du hin.«
»Woher weißt du das?«
»Frag nicht, hier hast du seine Nummer.«
Weil das sonst alles viel zu kompliziert wird, sende ich ihm eine SMS, und er steht mir gegenüber und wartet, bis sie ankommt.
»Wo hast du die her?«
»Mann, du musst nicht alles wissen, wenn ich dir schon helfe, das ist wie im Film.«
»Jetzt kein Scheiß, sag mal.«
»Von vor Karstadt, wo die alle rumstehen.«
Für ihn ist die Sache damit erst mal erledigt, sieht jedenfalls so aus, denn er lächelt und fragt:
»Hör mal, was machst du noch heute?«
»Na was denkst du, die Geschwister ins Bett bringen.«
»Wenn du mal Probleme hast, dann wend dich an mich.«
»Achmet, schlaf gut.«
»Bist du bekloppt, ich geh gerade erst los. Also wenn ich den Scheiß hier hochgebracht habe.«
Ich sage nichts mehr und gehe einfach weiter.
»Okay Schwester, ich danke dir, ich ruf den an, aber Scheiße, mein Handy ist gesperrt, darf ich vielleicht mit deinem kurz anrufen?«
»Achmet, ich hab gesagt, ich muss hoch, außerdem will ich nicht, dass du mit meinem Handy so was machst.«
»Okay, kann ich verstehen. Ich mag dich echt gern, weißt du. Du bist für mich wie eine Schwester, aber wie eine Schwester, die ich klarmachen will, aber ich weiß, du bist echt anständig, deshalb will ich dir das sagen, okay, ich versteh, du haust ab.«

Genau.
»Hey, danke Schwester, du bist mein Augenstern.«
Er ist guter Dinge, er hat jetzt eine Aufgabe. Wieder einen Mann glücklich gemacht.
»Hey, kann ich dir vertrauen?«
Schön, dass mich das mal jemand fragt.
»Naturlich.«
Ich gebe meinem letzten Wort an Achmet einen osteuropäischen Ausdruck, habe ich aus dem Fernsehen.
»Wo hast du noch mal die Nummer her?«
»Die ist mir in den Schoß gefallen.«
Da bin ich schon weit weg, wir wohnen zwei Etagen auseinander.
Achmet wollte eine Lehre machen, aber sein Vater hat gemeint, dass er vom Sozialamt mehr kriegt, und dann soll er schwarz bei seinem Onkel arbeiten; aber da hat der Vater die Rechnung ohne den Wirt gemacht, den zweiten Teil der Überlegung seines Vaters lehnt Achmet nämlich kategorisch ab.
So läuft das, wenn man ein System der Ausnutzung aufbaut. Immerhin geht er ab und zu für die Familie einkaufen.
Ich höre noch, wie er die Tür hinter sich zuschlägt, es kann nie schaden, ein bisschen Lärm zu machen.

4

Unser Sozialpalast ist vor zwei Jahren in einem Tatort aufgetaucht. Erst haben sie hier gefilmt, misstrauisch von allen beäugt; und als es dann ein Jahr später oder so im Fernsehen kam, haben sie unten im Dönerladen einen Beamer aufgestellt, wie bei der Weltmeisterschaft oder der Europameisterschaft, ich kann das nicht auseinanderhalten. Die ganzen Spacken waren da. Das war wahr-

scheinlich das Anspruchsvollste, was die sich je im Fernsehen angeschaut haben.
Ein Mädchen ist hier runtergesprungen, oder wollte jedenfalls. Dann kam der Bulle, der größere von den beiden, und hat sie gerettet. In Wahrheit springt hier niemand runter, aber wenn doch, kommt auch kein Bulle, der einen rettet, höchstens die Rettungssanitäter kommen dann und kratzen die Reste vom Asphalt.
Die Leute waren entsetzt, wie mittelalterlich man sie darstellt, als ginge es um sie. Aber sie waren auch zufrieden, man konnte das Haus erkennen. Und irgendwie waren ja auch alle ganz anständig. Trotzdem, Filme ohne Happy End, das halten die Leute nicht aus.
Ich schließe die Wohnungstür hinter mir und sage: »Ich bin da.«
»Du bist spät«, sagt mein Vater.
Dabei bin ich sogar fünf Minuten zu früh.
Mein Vater ist schon fast fünfzig, und seit er seinen Schnurrbart abrasiert hat, schäme ich mich nicht mehr mit ihm vor der Tür. Er trägt einen Trainingsanzug mit Schalke-04-Emblem, der ist schön blau, irgendjemand hat ihm den mal geschenkt, weil er irgendwas für irgendwen gemacht hat.
Ich habe noch nie erlebt, dass er sich mal was zum Anziehen selbst gekauft hat, und darauf ist er auch noch stolz.
»Ich bin nicht zu spät.«
Mein Vater ist in Ordnung, er hat seinen fairen Tag.
»Verdammt, du hast recht, du bist nicht zu spät, aber fast.«
Eins zu null für mich. Aber das macht keinen Unterschied. Er nimmt mich in den Arm.
»Was hast du so gemacht?«
»Ich habe Quatsch gemacht.«
»Gut, es gibt Schlimmeres«, sagt der Mann, der mein Vater ist.
Kein Heroin und nicht schwanger werden, darauf haben wir uns geeinigt, und damit sind wir bisher ganz gut gefahren, irgendwo habe ich das schon mal gehört.

»Du siehst schrecklich aus«, sagt er noch.
»Du auch.«
»Bei mir ist das egal. Mir wird niemand nachlaufen.«
Ich frage ihn, wo Mama ist, wo sie sich schon wieder rumtreibt. Ich glaube, ich weiß es, aber er weiß es nicht.
Sie strebt nach etwas Höherem als dieser Ehe. Man merkt ihr das sofort an.
Sie wünscht sich generell auch, dass ich nach Höherem strebe, aber da ist sie bei mir an die Falsche geraten. Da kann sie lange warten.
»Sie kommt gleich.«
Abgesehen davon ist es viel zu früh, um meine Geschwister ins Bett zu bringen, es sei denn, sie hätten ein Verbrechen begangen, das es rechtfertigte, sie ohne Abendessen ins Bett zu schicken, ich weiß auch nicht, was meinem Vater manchmal so durch den Kopf geht. Vater ist nicht arbeitslos. Er hat acht Stunden geknechtet, damit die Frauen ihren Quatsch machen können. Stapler gefahren, Kisten aufeinander getürmt, Frühschicht in Neukölln. Für Freunde Buchhaltung gemacht in Kreuzberg, kreative Buchführung vielleicht sogar, das macht ihn stolz. Zu Recht, denke ich. Trottel, denke ich. Es wird ihm gedankt mit ein paar Scheinen und altem Gemüse.
»Lass dich küssen.«
»Wenn ich tot bin«, sagt er und wirft ein paar Kartoffelscheiben in die Pfanne. »Hunger?«
»Mein Arsch wird zu fett.«
»Nicht von meinen Kartoffeln. Außerdem zahle ich dein Fitnessstudio.«
Ich schlage ihm in die Nieren, aber nicht zu fest. Denn er bezahlt es wirklich und ich habe ihn lieb, abgesehen davon habe ich wirklich Hunger.

Eine halbe Stunde später kommt Mama. Ich freue mich, Papa freut sich, meine Geschwister freuen sich.
Mama hat das gestresste Gesicht aufgesetzt, wahrscheinlich war sie vorher ganz gut drauf und hat sich erst im Treppenhaus so präpariert, damit wir uns ja nicht einbilden, dass wir ihr nicht das Leben versauen. HP würde sagen, ich übertreibe mal wieder, aber es geht nicht anders.
Ansonsten sieht sie großartig aus, sie ist ja auch ohne die Gene meines Vaters auf die Welt gekommen. Sie ist echt rattenscharf und dabei noch um einiges jünger als Madonna. Sie ist braungebrannt, obwohl sie behauptet, nicht ins Solarium zu gehen.
Wir essen. Meine Geschwister interessieren mich nicht besonders, deshalb erzähle ich fast nix über sie. Mama ist ganz aufgeregt, weil sie einen neuen Job hat. Also nicht ganz neu, aber sie ist immer noch aufgeregt. Manchmal ist sie so aufgeregt, dass sie glatt vergisst, gestresst auszusehen.
Sie kümmert sich um selbstmordgefährdete Jugendliche.
Ist das nicht sinnlos?
Nein, sie bringen sich weniger um.
Das hat sie echt mal so gesagt.
Wir essen die Bratkartoffeln, und die anderen Menschen (außer mir) essen auch diese Wurst und Gurken.
Nur glaube ich, dass sie längst nicht mehr arbeitet, also seit vier Wochen. Irgendwann wird es auffallen. Überweisungen der Bank und so weiter. Ich glaube, ein Mann gibt ihr Geld. Ein Mann liebt sie, der nicht mein Vater ist. Oder ein Mann macht Sachen mit ihr, die eigentlich nur mein Vater machen dürfte und wohl früher auch gemacht hat. Eine Tochter spürt so was.
Ich nehme es ihr nicht übel, aber es gefällt mir nicht. Ich finde es schrecklich. Aber nur, wenn ich nicht drüber nachdenke. Wenn ich drüber nachdenke, finde ich es ganz natürlich.
Sie hat uns alle geküsst und frisches Fladenbrot mitgebracht, am

Kotti hat eine neue Bäckerei aufgemacht, da stehen vier Jungs und machen nichts als Fladenbrot, Libanonstyle, wie sich das wohl rechnet, fragt Mutter. Von uns weiß das auch keiner. Über so was wird dann geredet, bis mir wieder was einfällt:
»Und, hat sich jemand umgebracht?«
Mein Vater mag die Frage auch nicht, besonders weil die Kleinen noch am Tisch sind, obwohl sie längst im Bett sein sollten, nicht mal das läuft, wie er sich das vorstellt. »Nein, niemand. Niemand hat sich umgebracht. Du sollst nicht so was fragen.«
»Hatte jemand es vor?«
»Kannst du mal damit aufhören? Ja, jemand hatte es vor.«
Die Kartoffeln schmecken gut. Mein Vater kann die weltbesten Bratkartoffeln machen.
So, ihr Kleinen, wir sind spät dran.
»Gehst du noch mal weg?«
Die Frage ist an meinen Vater gerichtet, wenn man das als Frage bezeichnen will, und er wird gehorchen. Sie wünscht, dass er noch mal die Wohnung verlässt, weil sie ihn in Wahrheit überhaupt nicht aushält, nicht mal eine halbe Stunde lang.
Also wird er noch mal weggehen, ein bisschen Billard spielen, auch was trinken, spielen und trinken.
»Komm nicht zu spät«, sagt sie, dabei ist es ihr völlig egal, wann er zurückkommt, je später, desto besser. Sie wird schnarchen oder so tun, als ob sie schnarcht. Dabei schnarcht sie nicht.
Meine Schwester denkt beim Einschlafen an Miro Klose.
Mein Bruder denkt beim Einschlafen an Miro Klose.
Aber da gibt es einen Unterschied.
Ich denke nur, der Pole verdient richtig Geld, und ich würde ihn auch mal gerne in die Finger bekommen, dann würde alles anders aussehen, was meine Zukunft betrifft. Aber ich bin nicht naiv, das wird eher schwierig, wie alles.
Wir essen auf und gehen ins Bett. Außer Papa, der geht Billard

spielen, weil seine Frau, meine Mutter, ihn dazu verdonnert hat, und er liebt sie eben.

Ich liege im Bett und lasse den Tag an mir vorüberziehen und schreibe in mein Tagebuch. Versuche was für HP und seine Text-AG zu schreiben. Mache ich oft. Kommt meistens nix bei raus.

5

***

Heute dem »Freund« von Mama nachgerannt. Ich nenne ihn für mich Marco, er sieht irgendwie so aus. Ich habe ihn ein bisschen verarscht, aber das ist mir jetzt zu kompliziert, das aufzuschreiben. Ich bin mir immer sicherer, dass ich ein Tattoo brauche, ich weiß bloß noch nicht was, außerdem bringt Papa mich dann um.

***

Keine Fortschritte mit Amrit. Weiß nicht, wie das weitergehen soll. Ich bin einfach nicht cool genug um ihm zu sagen, was Sache ist. Ich weiß auch nicht, was Sache ist, und wenn, kann ich es nicht aufschreiben.

***

HP möchte, dass wir Tiergeschichten schreiben, und er meint, Vampire seien keine Tiere. Stattdessen hat er mir zwei Bücher mitgegeben: Der Steppenwolf, kommt bis jetzt noch kein Tier vor. Und: Die Verwandlung. Ziemlich krankes Zeug irgendwie. Mir fällt nichts mit Tieren ein.

***

Was sonst noch? Nichts. Bei Polats klingt's wieder mal, als würde jemand ermordet, aber die müssten längst alle tot sein.

***

Dinge, die nicht wirklich passieren, muss man sich vorstellen. Ich gebe mir Mühe. (Meiner M. ist langweilig.)

***

(über die Tiere) Die Tiere, die ich kenne, sind freundliche Wesen. Oder sie liegen auf den Tellern meiner Familie oder zwischen den Broten meiner Freunde.

Tiere haben mir noch nie etwas getan.

Ob und wie viel Tiere denken können, weiß ich nicht. Ob Menschen denken und wie viel, das weiß ich auch nicht. Superpunk: Rette dich vor den einfachen Leuten.

***

Weil ich nichts arbeite, habe ich nie Feierabend, sagt Papa. Also damit meint er mich. Er selbst hat nie Feierabend, weil, er arbeitet.

***

Ich bin (jetzt) so müde, dass ich kaum mehr schlafen kann.

***

(über die Treue) In meinem Alter ist treu sein einfach. Ich bin schon tausend Jahre treu gewesen.

***

(über Körperverletzung) Körperverletzung ist keine gute Sache, besonders, wenn man sie macht oder wenn man selbst verletzt wird. Ich selbst wurde noch nicht körperverletzt, aber habe dieses Delikt anscheinend begangen, nachdem ich Nhilmini eine reingehauen habe, also eher als ich Nhilmini eine reingehauen habe. Wer Körperverletzung begeht und dabei erwischt wird, wird bestraft, so wie ich zum Beispiel, mit gemeinnütziger Arbeit oder anders, damit er ein besserer Mensch wird und in Zukunft keine Körperverletzung begeht oder sich nicht mehr dabei erwischen lässt. Körperverletzung ist kein Spaß. Manchmal, wie in meinem Fall, gibt es Gründe für Körperverletzung. Nhilmini, die eigentlich meine Freundin ist, hat mich provoziert, so dass ich nicht anders konnte als sie körperzuverletzen. Sie hat etwas gesagt, was mich verletzt hat, aber nicht körperlich,

sondern eher einfach so. Darauf hätte ich anders reagieren müssen. Habe ich aber nicht. Jetzt muss ich die Konsequenzen tragen. Wie immer.

***

(über Reue) Ich muss Reue zeigen, weil sie von mir erwartet wird.

***

(über Erwartung) Ich habe gelernt zu tun, was von mir erwartet wird. Seit tausend Jahren (16). In der Familie, obwohl da alle tun, was sie wollen. Egal, was ich von ihnen erwarte. Ich ich ich, me myself and I.

6

Außerdem bin ich verliebt. In Amrit. Deshalb gehe ich um fünf zum Terroryoga. Nicht ins Elixia, das ist zu teuer, das, wo ich hingehe, hört sich an wie eine Burgerkette. Mein Vater bezahlt, und ich habe ihn im Verdacht, dass ihm mein Hinterteil nicht gefällt, aber das ist eine bösemöse Unterstellung.

Alle, die etwas auf sich halten und nicht fett werden wollen, dürfen ins Studio. Da hatte ich ein gutes Druckmittel an der Hand.

Da dürfen wir uns dann magersüchtige Blondchen ansehen und gedopte Türken und Arabs, die pumpen so vor sich hin und sind ganz gönnerhaft nett.

Die Blondchen greifen denen manchmal an die Oberarme und holen sich dort den Kick, um ihre blassen Werbeagenturfuzzis über sich ergehen zu lassen, und dabei denken sie an Achmet oder Mamut. Mir gefallen die Schwarzen besser, obwohl ich noch nie einen wirklich schwarzen Schwanz gesehen habe, außer zweidimensional, aber das gilt nicht.

Also ich bin im Studio, und Amrit greift mir so oft es geht an die

Hüfte und lässt seine Hände auch, wenn es die Situation erlaubt, über meinen Arsch gleiten.
Da frage ich mich, könnte ich dünner sein, oder gerade nicht, soll ich ihn jetzt anspannen oder gerade nicht. Ich finde keine Antwort und mache wahrscheinlich immer genau das Falsche.
Amrit jedenfalls fasst mich an, so oft es geht, und das gefällt mir schon. Denn ich bin ja in ihn verliebt.
»Willst du eigentlich nicht mal mit mir ausgehen?«
Mein Herz macht Geräusche. Er sagt nein, dann setzen die Geräusche aus. Er sagt ja, dann setzen die Geräusche auch aus. Er sagt:
»Zu gefährlich.«
Und die Geräusche gehen weiter.
Anfassen will er mich wohl schon. Aber ich will auch, dass er mit mir ausgeht.
»Es ist nicht gefährlich.«
Er zuckt mit den Schultern.
Hält das wohl für Ansichtssache.
»Ich liebe indisches Essen.«
Er behauptet, kein indisches Essen zu lieben. Da wäre er aber der erste Inder auf der Welt. Also das war auch nix.
Er sagt, das gibt immer Ärger, wenn man mit einem arabischen oder persischen Mädchen ausgeht.
Ich bin aber nur ein halb oder dreiviertel persisches oder arabisches Mädchen.
Aber halb so viel Ärger wäre immer noch genug.
»Immer gibt es Ärger mit der Familie.«
»Weil ich nicht zu eurem Elefantengott bete?«
»Quatsch.«
»Ich kann zu eurem Elefantengott beten, ich finde den ziemlich cool, der ist ein richtiger Punk.«
»Wieso?«
»Weil er immer eine Ratte dabeihat.«

Ich kenne mich aus, weil ich im Internet recherchiert habe.
Das imponiert Amrit nicht.
»Damit der Elefant funktioniert, braucht man einen Elefantentreiber, damit die Maus funktioniert, braucht man einen Maustreiber und damit der Mensch funktioniert, braucht man einen Sklaventreiber.«
Einen USB-Stick, den man hinten reinsteckt. Weil, Amrit will Informatiker werden.
»Kannst du nicht mal über irgendwas die Klappe halten?«
Aber er hat kein Abitur, und das war auch kein gutes Deutsch, das braucht man aber. Und ich bin nervös, deshalb quatsche ich so viel. Ich gehe barfuß über eine grüne Wiese. Da wachsen Blumen, aber ich weiß von keiner, wie sie heißt, Rosen oder Tulpen sind nicht darunter. Kann mir mal jemand Blumen schenken, oder muss ich das auch noch selber machen? Das sind so Fragen, die mich gerade bewegen. Ich sehne mich nach Liebe und stelle deshalb Blödsinn an und das weiß ich auch.
»Du gehst jetzt mit mir ein Eis essen.«
Aber er verschwindet einfach. Und ich trete in die Pedale bis alles explodiert, weil ich so viel Strom erzeuge.

7

Meine Mutter geht zur Arbeit.
Vorbei am Wettbüro. Annahme von Rennwetten. In- und Ausland. Auszahlung von Rennen zu Rennen. Kurt Zühlsdorf, behördl. zugela. Buchmacher. Hauptstelle.
Mein Handy macht gute Fotos. Sie geht vorbei.
Ich habe auch nicht erwartet, dass sie ihr Geld mit Pferdewetten verdient.

Nach dreizehn Schritten bin ich auf der Höhe eines kleinen Friseurladens.
Meine Mutter geht weiter vor mir her.
Es sind silberne, rote, graue, braune und blonde Perücken ausgestellt. Sie kosten zwischen fünfzig und vierhundert Euro. Hinter der Ladentür klappern Scheren. Das höre ich nicht, aber ich sehe es. Ich brauche keine Perücke, ich habe ein Kopftuch um.
Sieben Schritte weiter: eine Berliner-Kindl-Kneipe, zur Zeit wegen Betriebsferien geschlossen. Ein ockerfarbener Ölanstrich an den Mauern, das gelb-blaue Kindl-Leuchtschild, morsche Jalousien. Der rote Kaugummiautomat in Kinderaugenhöhe hängt neben dem Kneipenfenster.
Nein, sie geht nicht in diese Kneipe. Vor der Kneipe und dem ganzen Bürgersteig hinauf stehen Lindenbäume in voller Blüte.
Neben der Kneipe ist ein Polstermöbel- und Dekorationsgeschäft. Aber wir haben kein Geld, um uns neu einzurichten. Deshalb lässt meine Mutter das Teil links liegen und ich kurze Zeit später auch.
Weitere zehn Schritte: Ein Tabak- und Getränkeladen, über und über dekoriert. Fanta, die klare Erfrischung. Afri Cola. Bluna. Coca-Cola erfrischt richtig. Mampe halb und halb. Der herzhafte Feinbitter. Noch nie gesehen, was einem so auffällt, wenn man gezwungen ist, aufmerksam zu sein und auf alles mögliche Verdächtige zu achten.
Mutter kauft Zigaretten.
Auch Kindl-Bier gibt es, angeblich frisch und würzig nach Urberliner Art. In Wahrheit schmeckt Bier fast gar nicht und gerade Berliner Kindl schmeckt wirklich zum Kotzen.
Ich warte in größerem Abstand, tue so, als würde ich mich für die Zeitungen an so einem Zeitungsständer interessieren.
Weiter. Ein rostiges Schild sagt, dass es sich bei dem Laden nach neunzehn Schritten um eine Spezial-Näherei handelt.

Das wird zur Manie, hoffentlich kann ich je wieder aufhören, meine Schritte zu zählen. Als bekäme ich Geld dafür.
Die Näherei gehört Herbert Paul. Die schmale Tür liegt hinter heruntergelassenen Rollläden, daneben ein kleines Schaufenster, dreiviertelhoch mit einer alten Küchengardine verhängt.
Man hört das mechanische An- und Absetzen einer Nähmaschine. Der Außenanstrich blättert ab. Ich entziffere eben noch: Zickzack – Knopfmontage – Applikation.
Dann muss ich die Augen wieder nach vorne richten, auf den Rücken meiner Mutter. Sie trägt ein schwarzes enges Hemdchen (Piratenhemdchen). Hat die Haare hochgesteckt, man sieht ihren wundervollen Nacken, man möchte reinbeißen, auf jeden Fall. Man sieht den schwarzen BH, fast schon Reizwäsche würde ich sagen, ihre schlanke Taille, ihren sexy Hintern, und der bewegt sich, wie es besser nicht geht und wie man es nicht lernen kann, was soll erst ein Mann davon halten.
Ich registriere die Blicke der Männer, an denen sie achtlos vorbeirennt. Mich dagegen schaut keiner an. Kein Wunder.
Ich habe mir ein Kopftuch umgebunden und ein Kleid angezogen, das wie ein dreckiger Kartoffelsack aussieht. Irgendjemand in der Verwandtschaft wäre sicher stolz auf mich.
Zwanzig Schritte weiter ein kleines Holz- und Kohlengeschäft in die Häuserfront hineingezwängt (Inhaber: Rudolf Schwarzrock). Neben der Ladentür steht eine Holztür zum Keller offen, und es gibt eine steile Treppe, die sich im Dunkeln verliert.
Einen Moment lang denke ich, dass meine Mutter in diesem Loch verschwinden will, aber da habe ich mich getäuscht.
Stattdessen erregt sie die Aufmerksamkeit eines kohleverrußten Arbeiters mit nacktem Oberkörper, der gerade Briketts ablädt.
Ich kann nicht sehen, ob sie seinen Blick erwidert.
Ob sie ihm kokett und frech in die Augen schaut oder den Blick senkt, oder vielleicht gar nichts davon mitbekommt, weil sie mit ih-

rem Kopf schon ganz woanders ist. Was weiß ich wo, aber vielleicht werde ich es erfahren, heute.

Ich habe mir vorgenommen, meine Mutter zu beschatten. Ich weiß, das macht man nicht. Obwohl, dazu gibt es keine klaren Aussagen, weder im Koran noch in der Bibel, vielleicht ehrt man die Mutter ja gerade dadurch, durch eine Aufmerksamkeit, die über das normale töchterliche Maß hinausgeht. Wer weiß.

Aber wenn Papa es nicht tut, wer dann?

Schließlich geht es um die Familienehre.

Oder es geht eben noch nicht um die Familienehre.

Ich habe schließlich auch etwas zu verlieren. Ich muss mich nur umsehen, wie das alles aussieht, wenn die Mütter verschwinden. Und sich mit fremden Männern treffen.

Meistens handelt es sich um Kollegen, aber die kenne ich nicht. Wenn man irgendeine Arbeit macht, liegt es ja nahe, dass man die ganze Zeit an Sex denkt. So wie in der Schule.

Jetzt gibt es noch eine Chance, ein Kosmetik- und Fußpflegegeschäft. Das Schaufenster ist knapp zwei Schritte breit und in eine Kachelverkleidung eingefasst. Ein grün gekachelter Sockel, darüber, bis unter den Balkon des ersten Stocks, weiße Kacheln, hübsch. Neue Kunden. 1. und 12. Behandlung stark ermäßigt. Aber auch daran läuft meine Mutter vorbei.

Die nächste Adresse muss geheim bleiben, das ist bei Frauenhäusern so, ich weiß, dass es sich hier um ein Frauenhaus handelt. Und ich weiß auch, dass sie dort nicht arbeitet. Bereitet sie ihren Familienabsprung vor?

Würde mein Vater sie halb tot prügeln, wenn sie versucht ihn zu verlassen? Arbeitet dort ihr Lover?

An der Ecke das La strada cabaret. Einige verwellte Photos hinter der Scheibe. Stoffdrapierungen, Kerzen in Flaschenhälsen, hohe Barhocker.

Das Foto einer Schönen, die Karmen heißt.

Sie trägt schwarze Reizwäsche, billige Posen. Dann Karmen in weißem Tüll, die Arme nach oben geworfen.
Karmen. Schönheitstänzerin. Internationale Night-Show.
Karmen in sieben Variationen.
Ins Frauenhaus kann ich Mama nicht folgen.
Karmen mit Kleopatra-Figur in ägyptisch glitzerndem Fummel.
Karmen mit wie unabsichtlich verstrubbelter Frisur, in einem Korbstuhl sitzend, die Beine hoch und kess übereinandergeschlagen, ein Strickkleidchen an.
Also um ehrlich zu sein, ähnelt sie ein bisschen meiner Mutter.
Karmen mit schräg geschminkten Augen (Katze) auf einem Eisbärenfell, bis auf ein schwarzes Höschen nackt. Ich glaube, ich drehe schon durch. Das hätte ich aber mitbekommen, wenn meine Mutter solche Brüste hätte.
Karmen in Marlene-Dietrich-Pose, silberne Schuhe, schwarze Strumpfhalter, schwarze Strümpfe.
Karmen im Bardunkel, auf einem Hocker, ganz nackt, den Kopf sehnsüchtig straff gewendet oder so. Schließlich gibt es noch ein Foto von Karmen mit Birnenbusen, in deren Fotobrustwarzen zwei Reißzwecken stecken. Das hat sie verdient. Wenn Mutter bloß nicht so endet.
Der Laden ist natürlich noch geschlossen, aber auch sonst würde ich mich kaum reinwagen. Da steht auch was von Swingerclubtagen und so, Hilfe. Die würden nicht schlecht staunen, wenn ich in meinem Aufzug da auftauchen würde.
Rüber in den Dönerimbiss, von da kann ich den Eingang des Frauenhauses gut im Blick behalten. Ich trinke Tee und schreibe ein Gedicht. Eigentlich auf Deutsch, aber irgendwie auch orientalisch. Außerdem kann ich nicht mit dem Reimen aufhören. Soll ich aber, sagt HP. Das dauert ewig. Ich esse nichts und bekomme noch einen Tee. Und ich will fast schon aufgeben oder da reingehen und sehen, was los ist.

Um siebzehn Uhr dreizehn taucht Mama wieder auf. Endlich. Nicht allein allerdings. In Begleitung eines Kollegen? In Begleitung eines Mannes jedenfalls. Eines hübschen, relativ jungen Mannes. Bilde ich mir jedenfalls ein. Ich kann sein Gesicht aber nicht sehen, es geht alles viel zu schnell. Trotzdem habe ich ihn sofort erkannt.

Sie steigen in seinen Wagen, einen hässlichen, sargähnlichen Mercedes, und der hat auch noch verdunkelte Scheiben, was an sich hier noch nichts Ungewöhnliches ist, für einen Sozialarbeiter aber schon. Vielleicht werden damit auch für die verfolgten Frauen Stadtrundfahrten gemacht.

Dann ist Schluss, ein Taxi kann ich mir nicht leisten, Pech gehabt. Sie fahren möglicherweise aus dem Frauenhaus direkt ins Stundenhotel, das ist vielleicht so ein üblicher Weg.

Fünf Männer knien vor dem Eingang, Arbeiter, schlagen kleine Steine in die Erde. Sie heben nicht die Köpfe, als Jamuna vorbeigeht oder Aishe oder Isis.

8

Die Frau, vielleicht fünfzig, in weiten bunten Klamotten, stark geschminkt, formuliert ihre Frage:

»Was möchten Sie mir sagen?«

Vorher hat sie gefragt, ob ich einen Tee will.

Sekt, nein, den haben sie hier nicht.

Aber es würde meine Zunge lösen.

Sie findet das komisch, weil Sekt und Kopftuch, das passt für sie nicht zusammen. Passt es auch wirklich nicht, obwohl das Ding beim Ansetzen einer Flasche gar nicht mal im Weg wäre.

Ich bin dann allein mit einer Frauenbearbeiterin, denn Sachbearbeiterinnen gibt es hier nicht, sagt man. Frauenbearbeiterin hört sich für mich aber nach einem Brecher an, der Frauen bearbeitet, wie Bildstöcke, fällt mir ein, aber ich dachte an einen Bildhauer, als ich Bildstöcke nachschlage, sehe ich, das ist wohl doch was anderes. Bildhauer meinte ich auch nicht wirklich. Nicht wirklich, sagt HP, ist schlechtes Deutsch, weil aus Amerika oder so, er soll sich ficken. Da würde er sagen, er soll sich selbst ficken, wäre korrekt. Über so was kann ich mit ihm sprechen, ohne dass es eklig wird. Also ich glaube, er denkt dann wirklich nicht, nicht wirklich daran, mich zu ficken.

»Sie verstehen doch, dass es hier keinen Alkohol gibt. Die Hälfte aller familiären Probleme entsteht durch Alkohol, vielleicht auch viel mehr als die Hälfte.«

»Vielleicht werden aber auch viel mehr als die Hälfte aller familiären Probleme durch Alkohol gelöst.«

So hat sie das noch nie betrachtet.

Sie lächelt aber bloß überlegen, Kindchen, was weißt du denn.

Das stimmt, fast nichts, noch nicht.

»Ich habe das Gefühl, dass meine Mutter mich betrügt.«

Das ist wohl für ein junges Mädchen erst mal eine seltsame Ansage.

»Hm. Und wie äußert sich das?«

»So verschieden.«

»Schlägt sie Sie?«

»Wo denken Sie hin?«

»Schlägt Sie ihr Vater?«

»Nein.«

Sie macht einen Vermerk auf einem Zettel, eine Art Vordruck, oder nur ein leerer Block, kann ich nicht so genau sehen. Mich erinnert das an eine Szene aus den Simpsons.

Jemand geht zur Polizei und meldet ein Gespenst. Chief Wiggum setzt sich an den Schreibtisch: »Sie haben also einen Geist gesehen, ja? Okay, dann werde ich das jetzt auf meiner unsichtbaren Schreibmaschine protokollieren ...« Wiggum tippt in der Luft und macht mit dem Mund Geräusche dazu, tack tack – tack tack tack.

»Möchtest du lieber mit einer Türkin reden?«

Ist das jetzt schon die totale ethnische Kapitulation?

»Wieso, rede ich Türkisch?«

»Nein.«

Sie meint ja nur so. Ich kläre sie über meine Herkunft auf.

Dann frage ich sie was:

»Kommen hier eigentlich viele Araberinnen und Türkinnen oder Perserinnen hin?«

»Nicht so viele, wie man denken sollte.«

Was ist das wieder für eine Antwort?

»Die werden oft vorher abgefangen, von ihren Familien.«

An der Wand hängen Poster gegen Gewalt, und dass man hinsehen soll, weil man sonst selber ein Verbrecher ist.

Genau das versuche ich ja, ich konnte es hier an diesem Schreibtisch bloß noch nicht vermitteln, eigentlich ist es ein Schreibtisch, der sich Mühe gibt, nicht wie ein Schreibtisch auszusehen, wohl damit die Frauen geschont werden, als hätte eine Frau, die ständig in die Fresse kriegt und es dann hierher schafft, Angst vor einem Schreibtisch.

»Ist es nicht eher der Vater, von dem die Gewalt ausgeht, und Sie projizieren das jetzt auf Ihre Mutter?«

»Wie bitte?«

»Also das heißt, Sie übertragen vielleicht die Gefühle, die Sie gegen Ihren Vater hegen, auf Ihre Mutter.«

Ich weiß, was projizieren heißt, Dumpfbacke.

»Warum sollte ich denn so etwas tun?«

»Das geschieht vielleicht unbewusst.«

»Bewusstlos?«

»Ich glaube, du verstehst mich.«

Sie wechselt zum du, entweder, weil ihr aufgefallen ist, wie jung ich bin, oder weil sie denkt, dass ich sie verarschen will.
»Es wäre schön, wenn wir beim Sie bleiben könnten.«
»Natürlich.«
Sie runzelt die Stirn.
Und da hängen noch Bilder gegen Alkohol, dass man sein Gesicht nicht verlieren soll und so weiter. Kommt mir ein bisschen so vor, als hätte die Frau eine kleine Kognakfahne, aber vielleicht mag ich einfach keine Sozialarbeiterinnen, außer meiner Mutter natürlich.
»Also vielleicht schildern Sie mir Ihre Lage?«
Vielleicht frage ich sie ganz einfach, was meine Mutter hier wollte, und vor allem, wer der Mann war, mit dem sie das Haus verlassen hat. Aber so plump darf ich wohl nicht vorgehen. Sie sieht mich ermunternd an. Auch ein bisschen angenervt vielleicht.
»Ich habe ein Gedicht geschrieben.«
Eben im Dönerladen, wegen meiner Verkleidung ist es etwas komisch ausgefallen. Ich reiche ihr einen Zettel:

Meine Mutter geht mit einem anderen Mann
also der nicht mein Vater ist
ich muss das wissen
weil bald alles explodiert
und da möchte ich nicht dabei sein
wenn die Bombe hochgeht
Bei Allah!

»Reimt sich gar nicht«, sagt die Frau.
»Ja, komisch, nicht«, sage ich, »weil es so ernst ist«, sage ich.
»Sind Sie gläubig?«
»Das geht mir jetzt etwas zu weit«, sage ich.
»Also, was sollen wir dabei tun?«, fragt die Frau. »Wenn Sie so wenig bereit sind zu kooperieren.«

Darauf kann ich nun keine ehrliche Antwort geben.
Mir fällt auf, dass ich überhaupt keine Strategie habe, um hier etwas zu erfahren, das ist bestimmt ein Anfängerfehler, ich bin neu in diesem Business.
»Also eben ist hier aus dem Haus ein Mann rausgekommen. Können Sie mir vielleicht sagen, wer das war und was er hier gemacht hat? Der hat was mit der Gewalt in unserer Familie zu tun.«
»Du musst dein Gesicht nicht verstecken«, sagt die Frau.
Das ist nicht gerade eine Antwort, denke ich.
»Ich weiß«, sage ich, »ich will es aber.«
Dabei ist es kaum bedeckt.
»Vielleicht musst du erst herausfinden, was du wirklich willst«, sagt sie.
»Ja, vielleicht muss ich das herausfinden, aber bis jetzt habe ich herausgefunden, dass ich heute dieses Tuch tragen will«, sage ich.
»Schade«, sagt sie.
»Wieso«, sage ich. »Stehen Sie auf mich?«
»Du musst dir überlegen, woher diese Aggression kommt«, sagt sie.
»Ich weiß, woher diese Aggression kommt«, sage ich, »sie kommt einfach daher, dass Sie nicht auf meine Frage antworten.«
»Ich glaube, du bist von jemandem geschickt worden«, sagt die Frau.
Gar nicht so doof, wie sie aussieht, denke ich.
»Du musst jetzt gehen, ich kann dir nicht helfen«, sagt sie. »Da warten Menschen mit echten Problemen.«
Dabei hat da eben überhaupt niemand gewartet.
»Das Gespräch ist beendet«, sagt sie. »Wir sind hier keine Auskunftei. Sogar im Gegenteil.«
Das Wort habe ich nicht gekannt.
»Ich soll also erst wiederkommen, wenn ich ein Zimmer brauche, wenn ich grün und blau geschlagen bin?«, frage ich.
Man muss schon ein bisschen übertreiben, um ernst genommen

zu werden. Ich überlege, wo ich blaue Flecken habe, die ich der Nulpe zeigen könnte, aber ich habe gerade keine blauen Flecke.
»Es gibt familiäre Probleme, die wir nicht lösen können«, sagt sie.
»Gibt es familiäre Probleme, die Sie lösen können?«
Sie steht auf und sagt:
»Nein.«
»Nein?«
So eine ehrliche Antwort hätte ich nicht erwartet.
»Wenn du's genau wissen willst, es gibt eigentlich immer nur eine Lösung: die Trennung.«

9

Amrit sagt, das geht mich wirklich nichts an, was meine Mutter macht.
Aber es wird Auswirkungen haben, sage ich.
Seiner Religion nach, sagt er, hat alles Auswirkungen.
Selten eine so blöde Antwort erhalten, deshalb stimme ich ihm zu und sage, da hast du natürlich vollkommen recht.
Wir hören Musik in meinem kleinen Zimmer. Wir hören, um genau zu sein, irgendwas von The Police. Dann hören wir irgendwas von The Cure, heute ist anscheinend Oldietag. Deshalb kommt auch mein Vater alle fünf Minuten rein und fragt uns, ob irgendwas fehlt, ob er irgendwas für uns tun kann, und er schaut einfach blöd, als hätte er sich im Zimmer geirrt, was an sich schon eine Kunst wäre in unserer Wohnung. Einmal fragt er sogar, ob die Musik noch gut ist, als würde er als DJ bei Radio Eins sitzen, was er definitiv nicht tut.
»Papa, das ist nicht lustig.«
»Nein.«
»Dann führ dich nicht auf wie ein Clown.«

Väter dürfen alles, sagt er, als wir uns auf dem Flur begegnen. Ich bin bis obenhin geladen. Ich bin nicht wie deine Frau, möchte ich sagen. Ich sage das nicht. Er genießt Welpenschutz für alte Hunde.

»Ich bin ein Welpe, du darfst mich ruhig streicheln«, sage ich zu Amrit.
»Gleich geht wieder die Tür auf«, sagt er.
»Scheiß drauf«, sage ich.
Dann sage ich nichts, und er streichelt mich auch nicht.
»Du hast Angst.«
»Angst ist das falsche Wort«, sagt er.
»Angst ist das falsche Wort für Angst?«, frage ich.
Warum kann ich nicht einfach mal die Klappe halten.
Ein paar Sekunden schaffe ich das.
»Amrit, ich liebe dich, willst du mich entjungfern?«
Amrit schweigt erst mal hartnäckig. An den Wänden hängen die Poster, die ich kenne, aber noch nie gesehen habe, dabei habe ich sie aufgehängt. James Blunt, er hat ein ziemlich dummes Gesicht, aber das fällt mir gerade erst auf.
»Ich mag das nicht so direkt.«
»Scheiße, wie magst du es dann?«
»Ich gehe jetzt besser.«
Ich weiß, ich sollte weniger fluchen.
Er streichelt meinen Hinterkopf, meine Wange und fährt auch kurz mit seinen Fingern über meine Lippen.
Wenn ich nach seinen Fingern schnappe mit meinen gierigen Lippen, kriegt er gleich wieder die Krise, denke ich, und lasse es, obwohl ich nichts lieber täte.
Natürlich macht mich das alles wieder aggressiv. »Eure Elefantengötter vögeln wohl nicht.«
»Doch, in der indischen Mythologie wird eigentlich nur gevögelt.«

Weiß ich ja alles längst. Aber ich setze ein ganz erstauntes Gesicht auf.
»Wo ist also das Problem?«
Mein Vater ist lange nicht reingekommen und ich erkenne auch langsam einige Poster wieder, zum Beispiel Che Guevara, aber ich weiß nicht, warum er da hängt, wahrscheinlich, weil er für irgendwas gestorben ist, an das er geglaubt hat.
»Wir sind keine Götter, außerdem muss man das historisch betrachten.«
Ich versuche das historisch zu betrachten, und Amrit küsst mich auf die Wange. Und in dem Moment geht wieder die Tür auf. Und mein Vater sagt, dass es spät geworden ist.
Amrit steht wie von der Tarantel gestochen auf und macht Anstalten zu gehen.
Ich kotze ich schreie ich heule, ich mache nichts dergleichen. Wenn ich jetzt eine Uzi oder ein M 16 oder was weiß ich hätte, würde ich die beiden Schwanzlutscher über den Haufen schießen. Aber ich habe nichts dergleichen, und mein Vater schließt auch ganz brav die Tür.
Das gibt Ärger, denke ich. Das gibt Ärger für ihn, denn ausnahmsweise habe ich mal nichts falsch gemacht, außer, dass ich es geschafft habe, ein männliches Wesen, das nicht mit mir verwandt ist, zu einem längeren Aufenthalt in dem beschissenen Zimmer zu bringen.
Jetzt steck mir zum Abschied wenigstens deine Zunge in den Mund, denke ich, obwohl ich überhaupt nicht mehr in der Stimmung bin, aber ich will ein Zeichen. Amrit schiebt seinen Kopf sehr weit über meine Schulter und sagt:
»Bis dann.«
Ich denke was Böses. Und sage es auch, ganz leise. Wir sehen uns, f*** dich. Amrit findet selbst raus, das ist in unserer Wohnung nicht wirklich schwer.

10

Nur weil Mama in der Gegend rumfickt, darf ich nicht mal mit einem Jungen für ein paar Minuten in meinem Zimmer sitzen, so was möchte ich sagen.
»Du hast einen an der Waffel«, sage ich.
»Ach Kind, mach mich nicht traurig«, sagt mein Vater.
»Was fällt dir ein«, sage ich.
»Ein bisschen mehr Respekt, bitte.«
Fast nichts fällt ihm ein. Er möchte bloß in seinen vierundsiebzig Quadratmetern noch die Kontrolle behalten. Es ist ihm anzusehen, dass er gerade keinen Spaß versteht und auch meine Empörung nicht.
Er sagt nichts mehr, dann sagt er:
»Möchtest du ein Eis?«
Nein, verdammte Scheiße, ich möchte kein Eis, ich möchte in Ruhe gelassen werden. In Ruhe gelassen werden, wie Mama. Aber ich traue mich nicht, irgendwas zu sagen.
»Ist ja vielleicht ein netter Junge«, sagt Papa.
»Ja, klar«, sage ich.
Sogar zu nett für meinen Geschmack.
»Aber kannst du dir nicht lieber einen von hier suchen?«
Ich schaue ein wenig verständnislos.
»Also, ich meine, einen Libanesen oder einen Deutschen.«
»Die Libanesen, die ich kenne, sind alle kriminell. Sie handeln mit Drogen.«
Mein Vater nickt. Obwohl das, was ich gesagt habe, völlig an den Haaren herbeigezogen ist. Die Libanesen handeln mit Falafel und Schrott.
»Kennst du keine vernünftigen Deutschen, es gibt doch Deutsche in deiner Klasse.«

»Russlanddeutsche«, sage ich, »das sind die Allerschlimmsten. Man ist froh, wenn man mit einem sprechen kann, der noch keinen Mord begangen hat und einem unbedingt davon erzählen will.«
»Ich weiß, hab ich im Fernsehen gesehen«, sagt mein Vater.
Was in meiner Schule passiert und bei ihm vor der Haustür, sieht er sich im Fernsehen an. Das ist für ihn authentischer.
»Das sind alles Vorurteile«, sage ich.
»Ja«, sagt er, »das ist die Wahrheit.«
»Außerdem haben die Inder einen ganz guten Ruf, im Vergleich zu den meisten anderen Außengeländern.«
»Ende der Diskussion.«
Ich frage, was ich seiner Ansicht nach tun soll. Er möchte aber nicht mehr mit mir sprechen. Er sagt, dass er noch mal raus will, Billard spielen.
»Gewinnst du immer noch?«
Er ist sich nicht sicher, ob ich das ironisch meine. Und was Billard angeht, versteht er auch eher keinen Spaß.
Deshalb verkneife ich mir jedes Grinsen, dabei habe ich es sogar ernst gemeint, er gewinnt wirklich fast immer. Aber das sind dann so kleine Summen, dass man fast schon wieder traurig wird.
Jedenfalls angelt sich mein Vater seine Jacke von der Garderobe, die hängt aus den Dübeln heraus in der Wand, und wir dürfen unsere Kinderjacken und Frauenjacken schon lange nicht mehr dort aufhängen.
Er wird also wieder so ungefähr fünfunddreißig Euro gewinnen, das ist nichts, das ist zum Sterben zuviel vielleicht. Es gibt im Spiel nichts Schlimmeres als kleine Gewinner. Ein kleiner Gewinner, das ist so glanzlos, das ist so ekelhaft und erbarmungswürdig, ich möchte nicht, dass mein Vater so ein kleiner Gewinner bleibt, dann soll es lieber die große Katastrophe geben, an der meine Mutter arbeitet, dann soll es lieber endlich zum finalen Untergang kommen.
»Nimmst du mich mit?«

11

Vater triumphiert. Er gewinnt alle Spiele. Vater gewinnt gegen die Türken, ein Spiel nach dem anderen, jeweils um zehn Euro, hundertzwanzig sind nach einer Stunde da.
Wir müssen an einen anderen Tisch, zu den wirklichen Spielern. Ich bitte ihn. Ich flehe ihn an. Ich will ihn weiter siegen sehen. Aber nicht mit diesen Einsätzen. Das tut mir in der Seele weh. Er sagt, ich soll die Klappe halten.
Die Menschen sprechen Deutsch mit dem harten, abgerissenen Akzent der Russen, mit dem halb singenden, halb stockenden Akzent der Mestizen, mit schwachem französischem Akzent der Berliner Franzosen, mit sehr deutlichem Wiener Akzent, ohne Akzent, einfach so und mit allen denkbaren orientalischen Akzenten. Ich liebe dieses Wort, orientalisch, es kann so vieles bedeuten, so von halb draußen betrachtet.
Vater sagt, dass er mich nach Hause schickt, wenn ich nicht sofort mein vorlautes Maul halte. Da habe ich ihn Feigling genannt. Er hat kurz seine Hand gegen mich erhoben, ich habe mich weggeduckt und alle haben gelacht.
Dann geht es los, es ist unglaublich spannend, besser als Sex, oder zumindest Masturbation und das, was ich bisher so erlebt habe.
Das Glück meint es gut mit uns.
Er sagt, ich soll nach Hause gehen.
»Bringe ich dir kein Glück?«
»Doch, so viele Spiele habe ich noch nie hintereinander gewonnen.«
»Papa, dann lass uns was anderes machen.«
Und ich habe Cola getrunken, in einem normalen Colaglas, bin ich mir selbst holen gegangen an der Bar, also ich habe einfach nur Cola getrunken.

»Jetzt fordere die mal«, sage ich.
Und weil es sonst niemandem etwas zu beweisen gibt und ich sicher bin, dass wir mit viel Geld aus dem Laden gehen, willigt mein Vater ein.
Ich habe die beobachtet, die spielen viel schlechter als er, und die spielen immer um einen Hunderter. Und wir haben seit zwei Jahren nichts miteinander unternommen, jedenfalls, ich kriege ihn rum, und er fordert an einem wirklichen Tisch und da sind auch nicht mehr viele Leute da.
»Das ist meine Tochter, sie ist achtzehn (schön wär's) und sie bringt mir Glück, und bevor sie mit irgendwelchen Asozialen rumhängt, nehme ich sie lieber mit zum Spielen.«
Den wirklichen Spielern, zu denen wir jetzt gehen, ist das eh völlig schnuppe.
Es geht los.
Papa gewinnt einmal souverän, der Typ baut nur Scheiße.
Der nächste. Der spielt sehr gut, aber haut die Schwarze rein. Wieder gewonnen. Nummer drei.
Der ist betrunken, ist Papa auch betrunken? Keine Ahnung, ich glaube ja, der Typ spielt leichtfertig, diese Typen haben die Taschen voll Geld, Papa gewinnt knapp, der Typ findet das in Ordnung, nicht schlimm, will eine Revanche, da kommt aber noch einer rein, meldet sich an. War anscheinend schon da, egal, da sind alle neugierig. Und hämisch.
Der will verdoppeln, weil Papa schon dreimal gewonnen hat.
Kein Problem, Geld ist ja da.
Mein Vater verliert knapp.
Zweihundert weg.
Danach dürfen die Verlierer den Gewinner fordern.
Einer verliert.
Der nächste verliert.
Der Gewinner will eine Pause machen.

Der dritte spielt also gegen Papa.
Auch um die doppelte Summe.
Papa verliert unglücklich.
Vierhundert weg.
Wir sehen uns an.
Jetzt kommt der Verlierer aus der ersten großen zweihunderter Runde und will Revanche.
Mein Vater sagt, dass er kein Geld hat.
Aber das ist okay, es gibt Kredit.
Papa gewinnt knapp, obwohl der Mann, er heißt Mirko, ist vielleicht noch relativ jung, aber sieht fürchterlich zerstört aus, extrem gut spielt.
Aber Papa hat eine Sternstunde.
Wir haben vierhundert, Zeit zu gehen.
Die Kleine muss ins Bett.
Die Kleine muss nicht ins Bett.
Die Kleine muss ins Bett.
Die Kleine ist nicht klein, und wenn sie klein ist, kann sie allein ins Bett gehen.
Vierhundert.
Ich sage: »Papa, mach das.«
Er will es sowieso machen.
Also weiter.
Ich kaue mir die Nägel ab.
Es sammelt sich der Rest des Packs um den Tisch.
Weiter hinten sind noch ein paar Hippies, die um eine Zigarette spielen oder so, jedenfalls wir sind eindeutig die Hauptveranstaltung.
Der Vater ist ja dabei, da darf sie anwesend sein.
Mein Ringfinger blutet, weil Papa fünf Kugeln am Stück reinmacht und ich mir vor Begeisterung den halben Finger abreiße.

Dann zieht der Mirko durch und alles ist vorbei. Die vierhundert futsch.
Es ist ihm aber auch alles vors Loch gelaufen, normal war das nicht, ein Glücksfall, eindeutig, Papa hat eigentlich keinen einzigen Fehler gemacht, nur zu wenig Glück gehabt, das ist im Leben der größte Fehler.
Also wir sind auf Null.
Es wurde fast gar nicht geredet.
Ich habe meinen Blick fest auf das grüne Tuch des Billardtischs gerichtet und der Satz meiner Direktorin geht mir durch den Kopf, als ich ihr sagte, ich sei eben so. Persönlichkeit ist in den meisten Fällen nur schlechtes Benehmen.
Wir sind auf unter Null. Papa versteht das nicht, ich will das auch nicht akzeptieren. Er will erst mal was trinken, ein alkoholfreies Bier, Mirko spielt gegen irgendeinen Freund, und verliert unglücklich anscheinend zweihundert Euro gegen ihn.
Papa darf nun wieder den Gewinner fordern und steht auf und spielt Billard und macht ein Hunderterspiel gegen diesen Freund von Mirko und gewinnt, wenn auch unglaublich knapp.
Mein Vater fordert daraufhin Mirko, Mirko hat nichts anderes erwartet, aber er will dann um vierhundert spielen, weil er nach Hause will und so, mein Vater ist einverstanden.
Dann sagt er, nein, wenn, dann gleich um sechshundert, aber Mirko sagt, dass vierhundert genug sind.
Ich habe keine klare Meinung, weil wenn wir das Vierhunderterspiel gewinnen, können wir auch gehen, es macht schon einen Unterschied. Eigentlich fände ich das Sechshunderterspiel besser, aber okay, Mirko will nicht um so viel spielen. (Ich blicke nicht mehr durch.)
Das Spiel beginnt und ist irrsinnig schnell vorbei.
Mirko will nun wieder nur um vierhundert spielen. Aber wir haben nur zweihundert.

»Ich vertraue dir«, sagt Mirko, »ich werde mein Geld schon bekommen.«
Ich sage nichts.
Natürlich verliert Papa.
Und hat nun Schulden.
Ich halte das nicht mehr aus und ergreife die Flucht, wenn ich aufgeregt bin, bekomme ich Hunger und Durst, da ich mich nicht betrinken kann, muss ich mir wohl was zu essen besorgen.

Als ich zurückkomme, ist alles vorbei, dabei habe ich mich beeilt, die Falafel so schnell es geht hinterzuschlingen.
Mirko hat den Arm um meinen Vater gelegt und sagt:
»Und wenn du nicht weiter weißt in drei Tagen, dann lassen wir uns was einfallen.«
Dabei sieht dieser Mirko mich an.
Mein Vater nickt schwach.
Ich glaube nicht, dass er da noch bemerkt, dass ich überhaupt da bin.
»Ich bin eigentlich kein Geldinstitut«, sagt Mirko.
»Es ist alles kein Problem«, sagt Vater.
Mein Vater wirkt zerstört und erloschen.
»Komm, mach dich locker«, sagt Mirko, »du hast eine hübsche Tochter«.
»Ich bezahle meine Schulden«, sagt mein Vater.
»War nicht böse gemeint«, sagt Mirko. »Tut mir echt leid, schönen Abend, ich hau ab.«
Wenn ich im Erdboden versinken könnte, ich hätte es getan.
Es wird weitergespielt. Und weitergespielt. Von überall das Klicken der aufeinandertreffenden Kugeln.

12

»Ich hatte keine Chance, ich habe fünf Schnäpse getrunken, und dieser Wichser war ein Profi«, sagt Vater. »Ich habe gedacht, wir könnten gewinnen«.

»Das habe ich auch gedacht«, sage ich. »Du warst auch knapp davor.«

»Wir haben ein Problem«, sagt er.

Ich mache mir einen Vorwurf, weil ich was essen musste und ihn allein gelassen habe.

Wir können die Getränke nicht bezahlen, aber man behandelt uns nicht ganz respektlos.

Papa darf einfach noch mal wiederkommen, aber man sagt ihm auch, dass mit diesem Mirko nicht zu spaßen wäre, und dass er niemals wieder seine Tochter mitbringen soll, mit so was wolle man nichts tun haben.

Da denke ich noch, dass es um ein paar hundert Euro geht, was ich schlimm genug finde, um fast zu heulen.

Wir gehen am Maybachufer entlang, und ich würde gerne ein paar schlafende Vögel töten. Mein Vater bleibt stehen, legt einen Finger auf seine Lippen und zeigt dann auf die andere Seite des Kanals. Von dort beobachtet uns ein Fuchs, wie in der Bewegung festgefroren, hält er mit zwei Pfoten in der Luft inne und sieht zu uns herüber.

»Wie viel?«

Vater sieht mich nicht an.

»Dreitausend.«

Der Fuchs verschwindet, so schnell er kann.

13

Habe ich an Amrit gedacht? Nein. Diese Nacht habe ich an Mirko gedacht und geschlafen habe ich auch kaum.

»Und du warst mit Papa weg?«

»Ja.«

»Ihr wart Billardspielen.«

»Ein bisschen.«

»Hast du auch gespielt.«

»Ja.«

»Nerv ich dich?«

Ja, sie nervt mich.

»Hast du gewonnen?«

»Nicht wirklich.«

»Du darfst nicht mit Papa spielen, er spielt zu gut. Und er kann schlecht lügen. Deshalb lässt er dich nicht gewinnen.«

Vor allem kann er schlecht lügen, für meine Mutter reicht das anscheinend, weil sie so mit ihren eigenen Lügen beschäftigt ist.

Genau so war es, denke ich. Und schmiere mir mein Brot, dabei habe ich es schon geschmiert, aber das fällt meiner Mutter nicht auf.

Das ist jetzt aber noch nicht zu Ende, sie will noch weitere Problemfelder beackern.

»Dein Freund war hier?«

»Ist nicht mein Freund.«

»Okay.«

Sie lächelt. Sie lächelt mich an. Das halte ich nur ganz schwer aus. Ich bin nicht die Komplizin meiner Mutter, wie kann sie nur auf eine so bescheuerte Idee kommen.

»Hat Papa dich genervt?«

Das sind keine Kategorien, in denen ich klar denken kann.

»Nein.«
»Du darfst ihm nicht böse sein. Er kann auch nicht aus seiner Haut.«
»Ja.«
»Er meint es nicht böse.«
»Danke Mama, ich muss los.«
»Papa fand den Jungen völlig in Ordnung.«
Jetzt soll ich mich dafür bedanken, dass ich keinen ganz Behinderten angebracht habe, und sie in der Lage waren, das zu erkennen.
»Danke für euer Mitgefühl«, sage ich.
»Du brauchst dich nicht über uns lustig zu machen, wir wollen nur dein Bestes.«
»Ja, ich weiß. Wir haben nur verschiedene Vorstellungen, was das Beste ist.«
Das ist, wie wenn man ein angefahrenes Reh erschießt. Man will nur das Beste. Erst rast man in einer Stahlkarosse dagegen und dann ruft man den Wildhüter, der den Fangschuss gibt. So verstehen die Eltern ihr Handwerk. Mir fällt dazu etwas ein.
»Ich verstehe noch, was ihr macht. Aber ihr versteht nicht mehr, was ich mache.«
Meine Mutter denkt kurz nach.
Ich habe ihr mal was von den Beastie Boys vorgespielt, und sie hat gesagt: Diese Musik verstehe ich nicht mehr. Dabei sind das Oldies. Aber unter Oldies versteht sie irgendwas vor den Beatles. Wie soll man sich da ernsthaft unterhalten?
Meine Vorstellungskraft ist groß. Ich kann mich in eine Fledermaus verwandeln, das heißt, ich kann fühlen, was sie fühlt, ich kann mir sogar das Echolot vorstellen, etwas, das von mir ausgeht und von Gegenständen und Wesen zurückgeworfen wird, ohne dass ich was höre, all das kann ich, es ist mir sozusagen selbstverständlich. Und meine Mutter hört die Beatles, und alles andere ist

ihr unverständlich, und dann trifft sie sich mit anderen Männern. Ich kotze gleich.
»Du musst zur Arbeit, Mama.«
Will ich sie verarschen? Diese Frage steht ihr ins Gesicht geschrieben. Oder vielleicht bilde ich mir das auch nur ein, weil ich mehr weiß als sie. Dass sie nicht so lebt, wie sie zu leben vorgibt, und dass ich nicht ganz so lebe, wie sie denkt, und das kann sich ja jederzeit verschlimmern. Wenn ich über Nacht, über irgendeine Nacht berühmt werde!

14

Als niemand in der Wohnung ist, gehe ich in Mamas Zimmer, öffne den glänzenden weißen Kunststoffschrank, nehme einen Stapel Oberteile heraus, dahinter steht der Sandelholzkasten mit Mutters Schmuck. Vorsichtig öffne ich den Deckel. Das Gold und die Steine interessieren mich jetzt nicht, früher habe ich Stunden davor verbracht. Natürlich hat der Kasten einen doppelten Boden. Was für eine Idee, dort Geld zu verstecken. Von einem Versteck kann da ja eigentlich gar keine Rede sein.
Siebzig Scheine, nur Fünfziger.
Wozu hat sie das bloß gebunkert. Um abzuhauen? Und wo hat sie so einen Haufen Geld her? Papa weiß davon garantiert nichts.
Natürlich kann ich nicht anders und greife zu.
So viel Geld habe ich noch nie in der Tasche gehabt, mir ist fast schwindlig geworden, als ich dann kaltblütig die Wohnung verlassen habe.

15

Und dann stehe ich plötzlich in diesem Saal und da ist fast niemand, jedenfalls sehe ich niemanden, außer Mirko mit seinen riesigen Koteletten, wie er sich über den Billardtisch neigt und das Licht von oben seinen widerlichen Schädel anstrahlt.
»Welch schöner Gast zu so früher Stunde.«
Nein, ich will nichts trinken.
Einen Gin Tonic also, das kann nicht schaden.
Er tut ganz gönnerhaft.
»Wir haben doch einen wunderbaren Abend zusammen verbracht.«
»Ich bin gekommen, um die Schulden zu bezahlen.«
Er macht so Oho mit den Augenbrauen und nickt ganz bescheuert.
»Traut dein Vater sich nicht her?«
»Wagen Sie nicht, meinen Vater zu beleidigen.«
»Hey Kleine, das war nur ein Witz, okay. Mach dich locker.«
Er spielt mit den Kugeln rum, und das sieht gar nicht gut aus, wenig professionell, vielleicht ist er schlecht drauf. Überhaupt wirkt er ziemlich nervös. Jedenfalls kommt mir das so vor, oder ich rede mir das ein, um mir Mut zu machen.
»Das war ein schöner Abend mit euch beiden. Schade, dass dein Vater sich hat anstiften lassen, gegen mich zu spielen. Weißt du, du bist doch so eine Art Deutsche, du hättest ihn nicht so bei seinem Ehrgeiz packen sollen, dann wärt ihr mit Null hier rausgegangen.«
Schön, wenn jemand Fremdes in den eigenen Wunden bohrt. Wenn ich ihn nicht schon vorher gehasst habe, dann hasse ich ihn jetzt. Auch deshalb lege ich einfach das Bündel Scheine auf den Tisch.
Wenn er verblüfft ist, dann lässt er es sich nicht anmerken.

»Schau an«, sagt er, »es gibt also noch Anstand unter den Menschen.«
»Was haben Sie denn gedacht?«
»Ich habe gedacht, dass ich wieder unfreundlich werden müsste.«
»Das müssen Sie nicht.«
»Man erlebt so viel Trauriges.«
Ja, das kann ich nachvollziehen, dass man Trauriges erlebt, die ganze Zeit eigentlich.
»Machen wir ein Spiel«, sagt er.
»Ich spiele kein Billard.«
»Was spielst du dann?«
Im Jugendclub habe ich nichts anderes gemacht, als von der Grundlinie oder wie immer das heißt zu spielen, und die Kugel muss einfach nahe genug an der Bande liegenbleiben und darf nicht zu weit zurückrollen. Ich war darin immer sehr gut. Ich erkläre ihm die Regeln. Er lächelt, davon hat er noch nie gehört.
»Doppelt oder nichts.«
Woher ich das Geld habe?
Ich könne für mich selber sorgen und habe das Geld ehrlich verdient. Schließlich habe ich es über sechzehn Jahre in dieser Familie ausgehalten.
Er könne sich schon vorstellen, dass ich in der Lage sei, Geld zu verdienen, wenn er mich so anschaue.
Ich habe das ungute Gefühl, dass ich ihm als Frau gefalle, dass er mich ficken will.

Ich sollte besser gehen, denke ich. Aber da geht es auch schon los. Ich denke noch, ich muss echt bescheuert sein, aber wie gesagt, es geht los. Best of three. Man muss sich im Leben auch ein bisschen auf Glück und Intuition verlassen, denke ich.
Und gewinne die erste Runde. Ich lande fünf Zentimeter von der Bande. Und er rollt bestimmt zehn weg. Er flucht, und da hätte ich

eigentlich schon hellhörig werden müssen, aber was hätte mir das da noch genützt.

Der Rest ist schnell erzählt.

Wenn ich gewinne, sind die Schulden weg. Wenn er gewinnt, sind die Schulden noch da und die dreitausend Euro weg (Rest fünfhundert).

Er gewinnt die zweite Runde knapp und die dritte deutlich.

Die Schulden sind noch da, und das Geld ist weg. Das heißt, ich habe dreitausend Euro Schulden bei meiner Mutter und mein Vater hat immer noch dreitausend Euro Schulden bei diesem Menschen.

»Doppelt oder nichts.«

Also noch mal.

Ich denke nach, aber anscheinend zu kurz.

»Du bekommst die dreitausend zurück und ihr seid schuldenfrei, oder ich bekomme dreitausend von dir, das ist echt fair. Das ist eigentlich unglaublich fair.«

Ich denke nach, aber zu kurz, und denke, dass das wirklich fair ist. Von einer Minderjährigen (fast Minderjährigen?) kann man ja nichts einklagen, denke ich, um mir Mut zu machen, weiß aber, dass das Schwachsinn ist. Ich schlage ein.

»Du bist ein Mädchen nach meinem Geschmack.«

Das hätte er jetzt nicht sagen müssen, aber das gehört wohl dazu.

»Wenn du verlierst, finden wir schon einen Weg.«

Ich kann ihm leider nicht verbieten zu sprechen. Er leckt sich den Mundwinkel mit seiner Zunge an. Die ist immerhin nicht gepierct oder tätowiert.

Dafür bleibt meine Kugel fast an der Bande liegen, nachdem seine weit zurückgerollt ist.

Eins zu Null.

Ich bin jetzt sicher, dass ich gewinnen werde.

Ich bin siegessicher, wirklich, und meine Kugel bleibt vier fingerbreit von der Bande liegen, nicht schlecht.
Aber das Schwein gleicht aus. Um Haaresbreite, ich muss es zugeben, seine liegt näher an der Bande.
Ich behaupte nun, dass er vorlegen muss. Dabei haben wir nichts dergleichen abgesprochen.
Er behauptet, ich wolle ihn betrügen, und ich sei ja eine ganz ausgefuchste Spielerin. Und ich weiß, dass es ihm Spaß macht, so was zu sagen. Er lächelt.
»Ich bin übrigens Mirko.«
Ich sage: »Ich weiß.«
Und obwohl ich ihm nicht meinen Namen sage, den er sicher weiß, hängt er sich über den Tisch und lächelt mir zu und spielt die Kugel so langsam, dass man es kaum aushält und auch noch mit irgendeinem Drive, obwohl das ja gleichzeitig kaum geht, aber die Kugel prallt gegen die Bande, ganz langsam, also sie berührt die Bande bloß, dreht sich kurz von ihr weg, so ein paar Zentimeter, und bleibt dann an ihr liegen. Und zwar direkt, da passt kein Blatt mehr zwischen.
»Das tut mir leid, dass das so gut geklappt hat.«
Ich lächele, ich denke, ich gewinne trotzdem, ich denke es nicht, ich bete es geradezu, dabei kann ich natürlich höchstens gleichziehen.
Es muss möglich sein, die Kugel genauso gut zu spielen wie er, und dann ginge es ja in die nächste Runde, wenn nicht, darüber will ich gar nicht nachdenken. Ich muss jetzt einfach mal alles richtig machen. Und das muss mir gelingen, und die wichtigen Dinge gelingen mir ja eigentlich immer.
Und dann bin ich zu zaghaft und meine Kugel verhungert.
»Nicht schlecht«, sagt er.
Ich zucke mit den Schultern. Dass ich jetzt zu weinen anfange, diesen Triumph will ich ihm nicht gönnen. Aber eigentlich wäre das

schon ein Grund zu heulen, weil der Himmel über mir einstürzt und für dieses Arschloch bedeutet es fast nichts.
Das ist das Schlimmste, wenn dem Feind der Sieg über einen nichts bedeutet.
Er lächelt bloß.
»Sagen Sie meinem Vater nichts davon.«
»Ich bin ja kein Unmensch. Er zahlt seine Schulden, du deine.«
Mirko hat mir einen Drink besorgt, auf seine Kosten, wie er sagt.
»Hast du schon eine Idee?«
»Nein.«
»Aber ich.«
»Gut.«
Er lächelt mal wieder und er hat wirklich eine Zahnspange an, das ist mir bis jetzt nicht aufgefallen.
»Ich wusste nicht, dass Sie eine Spange haben.«
»Wir duzen uns doch.«
»Okay.«
»Die Zähne werden richtig schön später.«
Ich bin davon überzeugt, weil schlimmer kann das nicht werden.
»Hier unten habe ich einen Brillanten.«
»Toll.«
»Das ist Glas, sonst nichts. Aber jeder glaubt es.«
Dann zeigt er mir ein Handyvideo, auf dem er einen jungen Mann zusammenschlägt. Der junge Mann liegt am Boden mit dem Kopf auf dem Rinnstein.
Die Aufnahme ist zu Ende.
»Für das, was jetzt kommt, brauchen wir vier Hände, deshalb gibt es davon keine Bilder. Na ja, ist vielleicht auch besser so.«
Ich trinke meinen Gin Tonic und will eigentlich schon tot sein.
»Also, ich hab da so einen Club. Ruf mich doch mal an, und dann gehen wir da zusammen hin und regeln das.«
Er gibt mir eine Karte, da steht Mirko drauf und es sind ein paar

tätowierte barbusige Frauen zu sehen, eine Adresse mit einer Mobilfunknummer.
»Da werde ich bestimmt nicht anrufen«, sage ich.
»Mach was du willst.«
Er baut die Kugeln auf dem Tisch auf.
»Besser du gehst jetzt. Hier wird gleich wirklich gespielt.«
Ich ziehe meine Jacke an, kam mir nie so klein und hässlich vor. Und auch noch nie so dumm.
Mirko will mir noch etwas mitteilen.
»Also Kleine, ich weiß, wo dein Papa wohnt. Weißt du, es geht nicht um dich, aber wenn mir jemand Geld schuldet, erkundige ich mich, sonst wäre ich ja schön blöd. Das ist nichts Persönliches, nur dass ihr erst gar nicht auf dumme Gedanken kommt. Typen, die vom Amt leben, hasse und verachte ich, mit denen würde ich nie spielen, aber ihr seid prinzipiell in Ordnung, nur das mit dem Billard habt ihr nicht so gut drauf. Vier Wochen, das ist echt großzügig. Aber wenn du mehr Zeit brauchst, ruf mich an. Ich bin immer für dich da. Wer weiß, vielleicht spielen wir noch mal miteinander.«
»Das glaube ich kaum.«
»Du gefällst mir.«
Ich gehe die Treppen zur Straße hinunter und frage mich, was ich da gerade gemacht habe. Das kann man in einem Satz zusammenfassen: Ich habe mal wieder Scheiße gebaut, aber mal wieder stimmt nicht ganz, weil so eine Scheiße habe ich noch nie gebaut.

16

***

Wir warten auf irgendwas, wissen aber nicht auf was. Die ganze Stadt weiß nicht, wie es weitergehen soll. Insbesondere aber ich. Zugegeben.
Ich warte darauf, dass die Bombe platzt. Worauf die anderen warten, weiß ich nicht.

***

Liebes Tagebuch, wo bekomme ich einen Sack voll Gold her? Vielleicht lässt Mama es nicht zum Schlimmsten kommen. Vielleicht verdächtigt sie ja ihn, das Geld genommen zu haben. Das ist sogar wahrscheinlich.

***

Mama hat genug auf dem Kerbholz, um darüber zu schweigen. Oder im Gegenteil, sie wird das zum Anlass nehmen, eine Atombombe explodieren zu lassen. Soll ich Lotto spielen, in die Spielbank gehen, mit welchem Geld, meine kleinen Geschwister bestehlen, das reicht gerade für ein paar Lottoscheine. Ich habe keine Idee, die diesen Namen verdient. Idee, das ist nämlich immer etwas Großes, das einem hilft oder einen in den Abgrund führt. Ich muss mich und die Ideen so akzeptieren, wie wir sind, nämlich einfach da und ratlos beziehungsweise nicht vorhanden.

***

Ich kann meiner Mutter kaum in die Augen schauen, aber das fällt ihr nicht mal auf, vielleicht kann sie mir ja auch kaum in die Augen schauen, und mir fällt es nicht auf.

***

Der Zigarettenrauch vor dem weißen Bildschirmhintergrund sieht gelb und giftig aus. Wenn man nicht wüsste, dass einen das umbringt, man könnte von selbst drauf kommen.

***

Warum wir in so einer komischen Gegend wohnen. Mama sagt, ich soll Vater fragen.

***

(über die Herkunft) Bio: Wir stammen angeblich von durch den Urschlamm schmatzenden Würmern ab (persischen? oder iranischen?).

17

Wohnort: Berlin
Nationalität: Persisch ~~Libanesisch~~/Deutsch
Alter: ~~16~~ 18
Größe: 168 cm
Konfektionsgröße: 34/36?
BH-Größe: 75 B
Gewicht: 55/52 kg?
Augenfarbe: Schwarz. Dunkelbraun
Haarfarbe: Schwarz (?)
Blumen: Rosen
Parfüm: ?
Raucherin: Ja Nein
Beruf: Schülerin.
Konversation: Deutsch, Englisch

18

You must be over 18 to enter this site …

*Treffen Sie ein **süßes Geheimnis** - entweder in ihrer Heimatstadt oder in einem schönen Ambiente weltweit.*

Sie können sich nicht entscheiden, welche Dame ihr süßes Geheimnis werden soll? Diskret stehe ich Ihnen für alle ihre Fragen zur Verfügung. Ihre Rendezvous-Managerin

Sophia

*News - Galerie - SAQ - Wir - **Casting***

Wenn auch Du gerne in die Rolle der Geliebten auf Zeit schlüpfen und Deine Fantasien ausleben möchtest, dann bewirb Dich als süßes Geheimnis. Es erwarten Dich eine spannende Zeit mit niveauvollen und erfolgreichen Männern, aufregende Erfahrungen, interessante Bekanntschaften, Dinner in gehobenen Restaurants und Nächte in luxuriösen Hotels. Darüber hinaus erhältst Du selbstverständlich eine finanzielle Wertschätzung für die Zeit, die Du aufbringst ...

19

Sie sagt: »Ein diskretes Geschäft, alles wird am Telefon arrangiert.«

Sie sagt: »Gewöhnlich geht man eine Kleinigkeit essen. Man fühlt sich allein. Es bedeutet Gesellschaft. Ja, man geht eine Kleinigkeit essen, und dann nimmt man Sie mit, wenn es passt.«

Sie sagt: »Die Männer stehen ehrlich gesagt eher nicht auf Modeopfer. Diese Mode wird von Homosexuellen für Asexuelle gemacht. So sieht das dann auch aus. Gut, dass Sie nicht zu dünn sind.«

Sie sagt: »Es ist ein bisschen wie bei der Fremdenlegion.«

Sie sagt: »Die sind auch nicht schlimmer als so genannte Freunde oder Ehemänner.«

Sie sagt: »Es ist sehr viel mehr, was da bezahlt wird, als Sie wert sind. Deshalb ist es auch keine Prostitution.«

Sie sagt: »Auf den Strich gehen ist so etwas wie Selbsterniedrigung, aber das hier ist das genaue Gegenteil.«

»Der Gast muss vor Allem geschützt werden, was Krawall verursachen und ihn in einen Skandal verwickeln könnte. Es ist erstaunlich, wie viel innere Ruhe Männer ab einem gewissen Alter für einen anständigen Fick brauchen.«

»Ein Bordellbesuch ist da für viele einfach nicht vorstellbar.«

Ich denke, wenn ich das Geld zusammenhabe, kann ich ja sofort wieder aufhören.

Ich sollte ein Foto mailen. Nach fünf Minuten hatte ich eine Antwort.

Sie sagt: »Normalerweise bevorzugen unsere Kunden Damen im Alter um die fünfundzwanzig, zeigen Sie mir Ihren Ausweis.«

Sie sagt: »Es gibt auch besondere Kandidaten, aber die sind nicht unsere Klientel, manchmal aber eben doch.«

Nein, es geht nicht ohne Ausweis. Ich zeige ihr meinen Ausweis.

Sie sagt: »Den habe ich nie gesehen.«

Das ist Hauspolitik. Wie die Sache mit dem Siezen.

Sie sagt: »Ich glaube, dass es für Sie einen großen Markt gibt.«

Wegen Fremde und Heimat.

Dann bin ich im Business angekommen.

Das Ganze gefällt mir immer besser.

»Ich lerne sowieso gerne Männer kennen.«

Einmaleins.

Wenn ich einen Kunden habe, rauche ich nur, wenn er raucht, und auch dann nicht zu viel.

»Sie sehen nicht aus wie jemand, der sich wie eine Nutte aufführt, trotzdem sage ich Ihnen, führen Sie sich nicht wie eine Nutte auf.«
Womit ich mich auskenne?
Ob sie das in sexueller Hinsicht meine?
Nein, da setze sie bei meiner Generation sowieso alles voraus. In diesem Geschäft gehe es auch um Konversation, Charisma und Karma.
Karma? Warum nicht.
»Literatur?«, frage ich.
»Sie meinen Bücher?«
»Ja.«
»Interessiert niemanden. Also Biographien schon. Das ist gut. Lesen Sie Biographien, gehen Sie in die neuesten Kinofilme, le-

sen Sie die Überschriften der Tageszeitungen, nicht nur die der BZ.«
Die Überschriften reichen.
Was ich vom Krieg in Afghanistan halte.
»Den finde ich nicht so gut.«
Die Antwort findet sie ausgezeichnet.
»Wir erwarten schon, dass sie vierundzwanzig Stunden zur Verfügung stehen, Studium hin oder her.«
Ich habe nie behauptet zu studieren.

»Es wäre gut, wenn Sie sich einen anderen Namen zulegen.«
»Einen nom de guerre?«
»Sie sind wirklich perfekt für Ihr Alter.«
»Was Indisches«, schlage ich vor.
»Ja, warum nicht, das passt.«
»Jamuna.«
»Bisschen ausgefallen ... aber warum nicht.«
»Kann man sich gut merken.«
»Jamuna, ich rufe Sie an.«
»Hat mich sehr gefreut.«
Ich mache sogar einen angedeuteten Knicks. Auch das gefällt ihr.
Mein erster Job, und das ganz ohne Arbeitsvermittlung und Streetworkerin.

Ich stöckele über den Kudamm.
Die sind alle sechzig, siebzig oder älter, der ganze Stadtteil wirkt auf mich so tot oder wenigstens stark gealtert, vortodeslich, aber es fällt mir nicht schwer, dazu zu lächeln, ich denke an mein selbstverdientes Geld. Das ist noch in weiter Ferne.
Dann kommen mir Touristen entgegen.
In kurzen und halblangen Hosen.
Sie ahnen nichts.

Hier kommt die neue Königin.
Ich bin viel zu kostspielig für euch. Dinner-time. Private time.
Ich steige in die U 1.
Die fährt direkt zum Kottbusser Tor.
Ich tue das alles für meine Familie. Ich bin eine wirkliche Prinzessin. Wie Lady Di. Nur schöner. Aber sie war auch Engländerin. Das muss man fairerweise dazusagen.
Dodi Lafayette hört sich an wie ein Spitzname für einen Penis.
Tränen stehen mir in den Augen.
Wie schön man sein kann, wenn man bereit ist sich zu opfern, in einer Unterführung wie Diana oder wo auch immer.

Den Rest des Abends: zu spät nach Hause, keine Erklärung. Wie siehst du aus? Tausendundeinenacht. Der übliche orientalische Schwachsinn. Meine Mutter: abwesend. Mein Vater: angetrunken. Die Geschwister heulen. Geschrei von den Nachbarn. Der Fernseher ist zu leise, zu laut? Wie im Bilderbuch. Irgendwas ist immer.

20

Ich sage zu meiner Mutter:
»Ich weiß, was du machst.«
Dabei denke ich daran, was ich mache, und dass sie das nicht weiß, und dass die Hölle los wäre, wenn sie es wüsste. Wobei, ich habe eigentlich noch nichts gemacht. Ich habe nur alle Vorbereitungen getroffen, ich habe keine andere Wahl.
Sie sagt nichts und hantiert mit irgendwelchen Küchenutensilien, zerteilt eine widerliche türkische Wurst in unangenehm dicke Scheiben, und das mit einem stumpfen Messer, meiner Meinung

nach sieht man daran schon die ganze Verwahrlosung, die von ihr Besitz ergriffen hat.

Sie könnte sagen, ich weiß auch, was ich mache, das würde ich jedenfalls antworten, dabei war das ja gar keine Frage, die ich meiner Mutter gestellt habe, ich traue mich gar nicht mehr, ihr Fragen zu stellen, weil ich Angst vor ihren Antworten habe, ich will, dass sie von selbst zu reden anfängt, ich will vielleicht einfach (wie immer) an nichts schuld sein.

»Ich weiß, dass du weißt, was ich mache«, sagt sie.

Sie hat aufgehört, Wurst zu zerteilen.

»Ich glaube, du weißt nicht, was ich meine.«

Sie sieht mich seltsam an. Ganz kurz. Dann wird es ihr wohl selbst unheimlich und sie schaut weg. Sie blickt auf ihre Wurstscheiben. Erst wird ein Tier getötet und zerteilt, um daraus Wurst zu machen, dann wird die Wurst zerteilt, um daraus ein Abendessen zu machen, dann wird das Abendessen serviert, um damit ein Familienleben zu simulieren.

Also, man muss behaupten und dem Feind andeuten, mehr zu wissen von ihm, als man wirklich weiß, dann wird er einiges preisgeben ... Meine Mutter gibt aber gerade gar nichts preis, sondern sie schweigt eisern, wie ein Grab, wie eine Taubstumme, wie ein Fisch, wie jemand, dem nichts mehr einfällt, wie ich jetzt auch. Aber nur ganz kurz, dann fällt mir doch noch was ein.

»Ich meine, dass du dich um andere Menschen kümmerst, mit denen du eigentlich nichts zu tun haben solltest.«

Weil das einfach zu gefährlich ist. Für dich, für uns, für alle. Und wenn das nicht wäre, dann wäre all das nicht passiert, mit mir zum Beispiel, dabei ist ja noch nichts wirklich passiert. Sie hält einfach die Klappe und kommt gar nicht auf die Idee, mir irgendeine Antwort zu geben.

Habe ich keine Antwort verdient?

Vater taucht auf und wirft die Wurst in eine beschichtete Pfanne,

trotzdem flutet er die Pfanne noch mit Sonnenblumenöl, damit das tierische Fett sich nicht so einsam fühlt.
Vater brät Wurst, und der Geruch durchflutet die Wohnung. Mutter und ich haben uns ins Wohnzimmer zurückgezogen, denn beim Kochen, falls die Tätigkeit meines Vaters dieses Wort verdient, soll man die Männchen alleine lassen, weil sie unter Beobachtung noch mehr verkehrt machen und eigentlich gar nichts mehr auf die Reihe kriegen.
»Ich weiß, dass dir die Sache mit den psychisch kranken Jugendlichen nicht gefällt.«
Also jetzt hat sie doch noch was gesagt.
Sie hat sich auf unserem nicht schäbigen, aber grottenhässlichen braunen Migrantinnensofa niedergelassen und sich eine Zigarette angezündet und hat die Worte in den Rauch gesprochen.
Jetzt sind es wieder die Jugendlichen, dabei interessiere ich mich nicht für die Jugend, soll sie doch machen, was sie will.
»Die sind schon okay, solange sie sich nicht umbringen. Ist mir aber eigentlich auch egal.«
»Du kannst manchmal ganz schön ekelhaft sein.«
»Frag dich mal.«
Meine Mutter wird wieder mal pädagogisch, weil man damit anscheinend weiterkommt im Leben, als Sozialarbeiterin und irgendwie auch überhaupt.
»Die sind krank oder haben üble Geschichten erlebt, oder eins und das andere. Sei einfach mal dankbar, dass es dir nicht so geht.«
Wenn ich auf ihren Diskurs eingehen wollte, könnte ich sagen, ja, Mutter, aber du weißt ja gar nicht, wie es mir geht, weil du ja meine Mutter bist, nach deiner Betreuungslogik dürftest du das auch gar nicht wissen, naturgemäß, aber schlau ist man immer, wenn es zu spät ist.
Ich sage dann:

»Ach ja, krank, ich weiß noch was anderes, was krank ist.«
»Sag mal Mädchen, willst du mir irgendwas sagen?«
Ich sage nein.
»Nein.«
»Nein?«
»Nein, heute nicht.«
»Heute nicht?«
Anscheinend hat sie immer noch nicht in ihr Depot geschaut. Ich kann nur hoffen, dass bald passiert, wovor ich die meiste Angst habe, nämlich, dass jemand *Jamuna* bestellt oder bucht oder wie immer man das nennen will. Scheiße.
Ich gehe aus dem Zimmer. Aber wo kann man da schon hingehen in unserer Wohnung.
»Dann versuch's erst gar nicht.«
Mein Vater hat die Wurst angebraten bis zum Anschlag, und die ganze Wohnung riecht erbärmlich nach totem Tier, verlockend auch (weil das anscheinend in uns drin ist, dass wir auf Aas stehen). Darüber wird er jetzt noch ein paar unbefruchtete Hühnereier schlagen.
»Komm essen!«
Ich gebe mir gar keine Mühe zu unterscheiden, wer das alles zu mir sagt oder in Richtung meines Zimmers brüllt.
Wenn man Affen nicht mag, könnte man sagen, das einzige, was uns von den Affen unterscheidet, sei die Fleischfresserei und die Philosophie, also Gott und die Schlachthöfe, aber ich mag Affen, und deshalb lasse ich sie mit solchen Vergleichen in Ruhe.
»Ich fresse diesen Scheiß nicht.«
Meine Nerven liegen blank, war mir gar nicht so klar bis jetzt.
»Dann geh auf dein Zimmer.«
Dabei bin ich schon in meinem Zimmer.
Das nennt man vorauseilenden Gehorsam oder so.
Sollen sie doch verrecken, die Fresszellen.

Hunger habe ich trotzdem, aber diese Irren haben sogar Fladenbrot mit zermahlenem Tier obendrauf gekauft.
Gott sei Dank habe ich noch meinen Schokoladenvorrat unter der Matratze. Den muss ich verstecken, weil diese wahnsinnigen Fleischfresser auch besonders verrückt nach Süßem sind.
Ich zähle die Nüsse auf der Rittersport Vollnuss, weil ich weiß, dass es da irgendeine Garantie gibt. Dreißig.
Am Tisch im Esszimmer wird gelacht. Wahrscheinlich wissen alle nicht weiter und lachen einfach so.
Ich rufe Amrit an, aber erreiche nur die verfickte Mailbox. Ich bin aber nicht müde, und ich weiß, wie das läuft, ich rufe also dreimal an.
Der sieht doch genau, dass ich versuche ihn zu erreichen, und das würde ich nicht tun, wenn es nicht einen wichtigen Grund gäbe, nämlich dass ich ihn liebe, was ich ihm aber so nicht sagen werde, weder in echt noch auf Mailbox. Bevor er mir nicht sein verstocktes indisches Herz zu Füßen legt, was aber nicht passieren wird, denn ich bin Realistin, deshalb sage ich beim dritten Mal schlicht: Ruf an.
Aber niemand ruft an.
In meinem Bauch rumort die Wut, weil alles so ist, wie es ist und ich mich damit niemals abfinden werde, jedenfalls solange ich lebe und keine tödlichen Drogen nehme. Und weil die Situation so verfahren ist, dass ich kaum noch weiß, wen ich deswegen rund machen soll.
Und tatsächlich, nachdem ich schon fast eingeschlafen bin (wie kann man fast eingeschlafen sein?), klingelt das Handy, und ich gehe ran, aber da ist nicht Amrit, sondern meine Telefongesellschaft teilt mir mit, ich sei in Frankreich, sie begrüße mich dort herzlich. Was für eine Scheiße, ich war noch nie in Frankreich.

21

Jamuna

Wohnort: Berlin
Nationalität: Deutsch
Alter: 18
Größe: 168 cm
Konfektionsgröße: 34
BH-Größe: 75 B
Gewicht: 52 kg
Augenfarbe: Schwarz
Haarfarbe: Schwarz
Blumen: Rosen
Parfüm: CK 1, Coco Chanel
Raucherin: in Gesellschaft
Beruf: Studentin
Konversation: Deutsch, Englisch

Jamuna ist eine natürliche und vitale junge Dame mit sehr schönen halblangen Haaren, einer top gepflegten Haut und sehr viel Sex-Appeal. Sie bringt alles mit, was ein Männerherz höherschlagen lässt. Jamuna ist ein äußerst intelligentes und aufmerksames Escortmodel und eine absolute Ausnahmeerscheinung in diesem Bereich. Mit Charme, Esprit und einer guten Portion Humor bringt sie sofort jedes Eis zum schmelzen und fesselt den anspruchsvollen Gentleman von Anfang an. Sie wollen mehr sehen? Rufen Sie uns an!

22

Mitten in der Sozialkundestunde – es geht um freie Wahlen, zum Beispiel: Wenn die Eltern über den lebenslangen Sexualpartner bestimmen, ist das keine freie gleiche Wahl – meldet sich mein Telefon, stumm. Ich muss auf die Toilette.

Meine Chefin. Meine erste Chefin.

Interconti. Schwarzes Cocktailkleid. E-Learning. So heißt die Messe. Stand E 4. Junger Mann, Perser. Treffpunkt Empfang 16:15. Ein Glücksfall, eine leichte Aufgabe. Kunde ist uns bekannt. Es wird erwartet, muss aber nicht sein. Selber wissen, wie weit ... aber auch wissen, warum ... man das macht ... und so weiter. Wir zählen auf. Bla bla.

Die Chefin geht davon aus, in meiner Generation habe man alles schon hinter sich, what do I get for twenty dollars? Everything, everything you want. Dieser Vietnamfilm, den mein Vater so liebt. Everitinguwant.

Ich möchte salutieren. Mache mir fast in die Hose. Die Katastrophe mit der Katastrophe abwenden, anders läuft das nie. Auch JF Kennedy hat das immer so gemacht, sagt Papa. Wenn der wüsste, wäre ich tot.

Ich gehe erst gar nicht in die Sozialkundestunde zurück.

Also nach Hause, gottseidank ist niemand da, Klamotten in den Rucksack und los.

Ach ja, ich darf Taxi fahren, soll mir eine Quittung geben lassen, also erst mal fast bis zur Prinzenstraße laufen, wegen des Abstands, Interconti, aber er soll mich in einer Nebenstraße rauslassen, weil ich mich noch umziehen muss.

Im Taxi sage ich mir, alles ist gut, bis auf die Musik. Radio Paradiso. Ich könnte sowieso schon kotzen.

In der Keithstraße betrete ich ein schreckliches Café für alte und

anständige Damen, und da bestelle ich einen Sekt und gehe aufs Klo, um mich umzuziehen, dumm angeguckt werde ich sowieso, das schadet nie.
Ich befinde mich in der Nähe des Zoos, sonst war ich selten hier, auf dem Kudamm natürlich, aber hier am Zoo erinnere ich mich nur an das, was ich im Fernsehen gesehen habe, Tiger, Panther und Co. Knut und natürlich der Dörflein. Dabei fand ich den viel knuddeliger als Knut; da war ich wohl nicht die einzige. Aber HP sagt, man muss nicht originell sein. Das ist oft nur ein Zeichen von Schwäche. Der Dörflein musste sterben, und keiner weiß warum. So fühle ich mich gerade auch.
Sieht gar nicht so nobel aus, das Interconti, der Empfang ist völlig unübersichtlich, und es ist die Hölle los. Niemand trägt Uniform, also ich hatte so mit schwarzen Dienern in Livree gerechnet, würde sich doch gut machen, gerade in Berlin.
Die untere Etage ist mit Stellwänden in kleine Präsentationsstände unterteilt.
An der Rezeption lasse ich mich ankündigen. Meinen Rucksack mit den Klamotten und den Turnschuhen kann ich dort abgeben.

Und eine Minute später erscheint der junge Perser im Anzug, Sie sind also usw. Sie sind wirklich sehr jung, Sie auch, sage ich, das irritiert ihn ein wenig. Ich schätze, er ist so dreißig.
Ich soll an seiner Seite stehen und lächeln und die Klappe halten. Aber er formuliert das viel charmanter. Ich bin zu aufgeregt, mir zu merken wie. Das scheint kein Ding der Unmöglichkeit, was da von mir verlangt wird.
»Sie haben getrunken?«
»Nur einen Sekt.«
»Kauen Sie diesen Kaugummi.«
Er hält mir einen Kaugummi hin, der ist schon ausgepackt.
Ich schiebe ihn mir in den Mund.

»Ich mag Frauen, die Kaugummi kauen.«
Er spricht Deutsch fast ohne Akzent.
Er lächelt nicht.
Ich kaue Kaugummi.
Die Gänge zwischen den Ständen sind brechend voll, der Perser nimmt mich an der Hand, er packt fest zu und zieht mich hinter sich her.

Wir stehen bloß da, ich habe nicht die leiseste Ahnung, worum es geht. Die Stellwände sind kahl und weiß, ringsum große Tontöpfe mit Bambus, sieht irrsinnig schick aus, auf einem schmalen dunklen Marmortisch drei Bildschirme, schwarz. Das ist alles.
Acht oder zehn Männer in Anzügen, ein paar Tussen, geredet wird persisch oder arabisch und englisch, ich verstehe nur Bahnhof und bekomme eine Afri Cola in die Hand gedrückt. Dankeschön.
Wenn ich einen Kaugummi länger als drei Minuten im Mund behalte, muss ich kotzen, also schnippe ich ihn, als niemand hinsieht, in die Menge.
Mein Perser legt den Arm um mich und flüstert mir ins Ohr.
Ich lächele im Voraus, als erwartete ich einen Heiratsantrag.
»Ich hab das genau gesehen«, sagt er.
Ich sehe ihn mit Rehaugen an.
Das kann er gar nicht gesehen habe, denke ich.
»Was haben Sie gesehen?«
»Dass Sie keinen Slip unter dem Kleid tragen.«
Wie originell. Gott sei Dank wird er von einem Mann mit Turban angesprochen und lässt mich stehen.
Das kann er nicht gesehen haben, das Kleid ist rabenschwarz, blickdicht, und ich trage einen knallroten Slip, alles von H&M. Darüber habe ich noch gar nicht nachgedacht, dass ich den vielleicht heute zeigen oder ausziehen muss, das wollte ich vielleicht auch gar nicht, darüber nachdenken oder was immer.

Kurz überlege ich, die Flucht zu ergreifen, aber ich denke an das Geld und Mirko und so weiter.
Wenn ich einen Sekt trinken könnte, das wäre schon was, aber das ist nicht in Sicht. In einer Ecke trinken die Herren Schnaps aus Plastikbechern, ansonsten gibt es bloß Afri Cola, schöne Flaschen. Ob ich kurz verschwinden kann, ich glaube eher nicht.

Ende des Empfangs oder was immer das darstellen sollte.
Das war ganz schön teuer, könnte er sagen.
Das geht einfach so zu Ende.
Nein, geht es nicht.
Ob ich Lust habe, auf seinem Zimmer noch was mit ihm zu trinken?
Ja, wenn es nicht wieder nur Limonade gibt.
Ich antworte erst mal gar nicht, sondern nicke nur unbestimmt. Aber mein Nicken wird wohl wie allgemein üblich als Zustimmung gedeutet.
Eigentlich ist er mir sehr sympathisch. Es hätte viel schlimmer kommen können, ein alter Sack mit Genitalpiercings zum Beispiel, obwohl, das ist ja noch drin.
»Ich habe nicht mehr viel Zeit.«
»Sie haben noch einen anderen Auftrag?«
»Das nicht direkt.«
Und ich verdiene ja jede Stunde was, also wenn ich mir Mirko vorstelle und dagegen diesen kleinen Mann. Den könnte ich vielleicht sogar noch im Ringkampf schlagen.
Das Zimmer ist ganz nobel. Was ich trinken möchte. Ein Glas Sekt vielleicht. Er glaubt, Limonade tut es auch, warum fragt er dann erst?
Ob ich mich aufs Bett setzen möchte. Na ja.
Ich setze mich, er verschwindet im Bad. Ich hoffe, dass er angezogen wiederkommt, und nicht im Pyjama oder was immer man

in diesen Breiten nachmittags trägt, wenn man eine Art Hure auf dem Zimmer hat.
Soll ich jetzt in die Hosen machen oder heulen, ich bin mir nicht ganz sicher. Verschwinden ginge auch noch. Die Chefin anrufen. Dann war das mein erster und letzter Auftrag. Wenn ich das drei- oder fünf- oder zehnmal durchziehe, bin ich raus und kann noch eine Woche nach Teneriffa.
Er kommt überhaupt nicht mehr aus dem Bad raus, ich kann es kaum erwarten. Er verbraucht mehrere Bergseen Wasser, kommt ja vielleicht auch aus einem trockenen Land, wo es nur Öl gibt oder so.
Dann steht er plötzlich vor mir.
Unvermittelt wie eine schwarze Katze.
Aber Gott sei Dank noch voll angezogen.
»Ich bin verheiratet.«
Nicht, dass mich das interessiert hätte.
»Ich nicht.«
Das hat er sich wohl gedacht.
»Sie sind auch noch sehr jung.«
»Ja, stimmt.«
Soll ich ihm nun sagen, dass es mein erstes Mal ist. Das macht ihn dann aber vielleicht besonders scharf. Und dabei zahlt er dann nicht mal einen Extratarif. Ich weiß gar nicht, wie der Scheich heißt, der mich jetzt fragt:
»Dürfte ich Sie anschauen?«
Er hat sich in einen Sessel mir gegenüber gesetzt und schaut mich eigentlich schon die ganze Zeit an.
Ich kann mir aber ungefähr vorstellen, was er meint.
Eigentlich gehören Strapse zur Arbeitskleidung, aber das habe ich irgendwie nicht auf die Reihe gekriegt, er muss sich also meine Strumpfhose anschauen, darunter den roten Slip, rot ist vielleicht nicht jedermanns Sache.

»Nur, wenn ich was zu trinken bekomme, was Richtiges.«
»Ein Glas Rotwein?«
Ich nicke und bekomme ein Glas Rotwein.
Sehr undamenhaft kippe ich es hinunter, daraufhin bricht Sharif in schallendes Lachen aus.
Los geht's, Humor und Sex vertragen sich nicht, habe ich mal gehört, hoffentlich.
Und ich ziehe mir mein Kleid über den Kopf. Nicht ohne mir vorher die Pumps abzustreifen, was vielleicht nicht Sinn der Sache war, aber egal.
Als Sharif mich so sieht, mit der Strumpfhose unter den Brüsten, die große rote Unterhose, da muss er schon wieder loslachen. Ich halte das für ein sehr gutes Zeichen und schenke mir einen Schluck Rotwein ein, den Rest aus der kleinen Flasche.
»Das ist nicht ganz perfekt«, sage ich.
»Das ist großartig.«
»Ich bin neu in diesem Geschäft.«
Der Wein wirkt schon, dabei kann das gar nicht sein, aber egal.
»It's not business as usual«, sagt Sharif.
Ich setze mich aufs Bett, und klar, ich bin irre schlank, aber ich habe einen kleinen Bauch, und der Bund der Strumpfhose quetscht meinen Babyspeck, ich ziehe den Bauch ein, und da muss ich auch lachen, fast losprusten, wie ein hysterisches Huhn oder so, HP würde sagen, das ist ein Klischee, aber das ist mir egal. Ich lasse mich rückwärts aufs Bett fallen, und ich weiß, in der Position kann ich überhaupt nicht mehr aufhören zu lachen. Sharif setzt sich neben mich aufs Bett und fragt, ob er meine Brüste anfassen darf. Ich sage nichts und schließe die Augen, und da sind seine beiden Hände schon auf mir, und das ist mir überhaupt nicht unangenehm, es ist aber auch nicht aufregend, als gehörten sie seit Urzeiten dorthin, seit den ersten persischen Königen.
Dazu muss ich noch sagen, ich bin kitzelig.

»In Persien würdest du so nie mehr einen Mann finden«, sagt Sharif. Wieso? Weil ich so lachen muss oder weil er meine Brüste angefasst hat?
»Da wäre ich mir nicht so sicher.«
»Wo kommen deine Eltern her?«
Immer diese ethnischen Befragungen.
»Aus Berlin.«
»Du weißt, was ich meine.«
»Ja, aus Berlin.«
»Du bist komisch.«
»Du meinst lustig.«
Sein Telefon klingelt, Chomeini sei Dank. Ich fühle mich völlig souverän, habe alles im Griff, denke, dass ich hier rauskomme und mein erstes Geld mache, ohne mit diesem Sharif schlafen zu müssen, dabei kann ich mir durchaus Schlimmeres vorstellen, vor allem jetzt, wo ich nicht mehr davon ausgehe, dass es passieren wird. Er telefoniert lange, geht zeitweise ins Bad. Englisch, deutsch, alles mögliche. Als er zurückkommt (Sorgenfalten, die Stirn gerunzelt, er hat wohl wirklich mit wichtigen Dingen zu tun), sagt er:
»Wir müssen uns beeilen, ich muss gleich los.«

23

***

Die Affen sind aus dem Haus. 10:00, werde nicht aufstehen. Kann nicht aufstehen. Bin krank, sage ich. Hat niemanden interessiert. Mir tun alle Knochen weh, als würde ich eine Grippe bekommen, das kann ich jetzt aber überhaupt nicht brauchen.

***

Vater geht mir aus dem Weg. Ich frage mich, was er vorhat, wie er sich das vorstellt. Wir haben eigentlich noch nicht miteinander gesprochen, nur so hallo, und geh mal das und das einkaufen. Ich habe ihm noch nicht gesagt, dass ich gedenke seine Schulden zu bezahlen und meine auch.

***

»Sie war liebenswürdig, und Er liebte Sie; Er aber war nicht liebenswürdig, und Sie liebte Ihn nicht.«
Mit meinem Prinzen vom Ganges ist es wohl umgekehrt.
Der blaue heilige Ganges
Der ewig-strahlende Himalaya
Die klugen Elefanten
Goldene Wundervögel fragen sich
Wann kommst du, Prinzessin?

***

Ist meine schlechte Laune göttlich? Nur weil sie unsterblich ist?

***

Ich sah vier Möwen, bevor ich in dieses Hotel ging, und einen großen exotischen Vogel (?), der ist bestimmt aus dem Zoo abgehauen (ist mir gerade eingefallen, dass da ja der Zoo direkt um die Ecke ist).

***

Mutter ahnt nichts, weiß nicht und unterschreibt alle meine Entschuldigungen, oder ich bin doof. (Sie ist wie diese drei Affen gleichzeitig. Nichts sagen nichts hören nichts sehen.)

***

Ich muss Kreuze machen. Mehr als sieben. Möglichst viele.

***

Küssen
Küssen bei Sympathie
Schmusen
Zungenküsse
Zungenküsse bei Sympathie
Dusch-/Badespiele

Erotische Massage
Striptease
Handentspannung
Leichte Fingerspiele
Vibratorspiele
Französisch safe
Französisch gegenseitig (69)
***
Morgen gehe ich in die Schule, morgen mache ich Kreuze. Heute mache ich nichts, alles morgen.

24

Ich sitze meine Zeit in der Schule ab, und dann gehe ich ins Fitness-Studio, weil Amrit sich überhaupt nie meldet, bleibt mir nichts anderes übrig.
»Die Sache mit meinem Vater ist echt nicht so gut gelaufen, tut mir leid, normalerweise ist der nicht so.«
Ja, normalerweise ist alles ein bisschen anders, aber gerade ist gar nichts normalerweise.
»Schon okay. Ist ja nicht deine Schuld. Kann ich mit leben. Echt.«
»Machen wir mal wieder was?«
»Was meinst du?«
Eine Antwort wie: Na klar, wenn ich tot bin.
»Was unternehmen.«
»Ja, klar.«
»Du hättest schon mal anrufen können.«
Telekommunikation ist keine Einbahnstraße, aber manchmal schon eine Sackgasse.
»Ich wusste ja nicht, was du denkst.«

»Kann man nie wissen.«
»Was hast du so gemacht?«
»Ach, Schule und so.«
»Und der Stress mit deiner Mutter?«
»Was meinst du?«
Ich weiß einen Moment wirklich nicht, was er gerade meint, da gibt es ja verschiedene Möglichkeiten, die er natürlich nicht alle kennt.
»Das mit dem anderen Mann und so.«
»Ach, das mit dem anderen Mann und so. Keine Ahnung.«
»Alles wieder gut?«
»Ja, so ungefähr.«
Ich sage einfach nichts dazu, dass ich verzweifelt versucht habe ihn anzurufen. Gut, dass jemand das verzweifelt versucht, sieht man ja nicht auf dem Display. Und wahrscheinlich rufen ihn so viele Tussen an, wie ich es mir nicht mal vorstellen kann. Ich kann mir Frauengesichter auch so schlecht merken. Für mich sehen die alle gleich bescheuert aus. Also ich weiß, dass ich dem Gespräch eine andere Wendung geben muss, bevor einer von uns stirbt.
»Lass uns was einkaufen gehen.«
»Einkaufen?«
»Ja. Warum nicht. Ich brauche Strapse. Du kannst mich beraten.«
»Strapse.«
»Du musst nicht alles nachplappern.«
»Strapse für dich?«
»Ja, für mich.«
»Du bist echt nicht ganz dicht.«
»Magst du keine Strapse?«
»Doch, keine Ahnung. Aber ich kann doch keine Strapse mit dir einkaufen gehen. Wenn uns dabei jemand sieht.«
»Wer denn?«
»Dein Bruder.«

»Du weißt, dass der zehn ist.«
»Dein Vater.«
»Der hat gerade andere Probleme.«
»Ich gehe keine Strapse mit dir einkaufen.«
So ganz ernst gemeint war der Vorschlag auch nicht, aber manchmal sage ich einfach, was mir gerade einfällt. Zum Beispiel:
»Sag mal Amrit, willst du nicht mal da wegziehen?«
»Was meinst du?«
»Also aus dem Wedding.«
»Wieso?«
»Der Wedding ist am Arsch der Welt, ich meine, wir könnten uns doch zusammen eine Wohnung suchen.«
»Du bist echt komisch.«
»So als WG.«
»Das würde echt nie gutgehen.«
Mein Gott, wie weit kann ich mich noch entwürdigen, nur um ihm zu zeigen, dass ich in ihn verknallt bin.
Amrit seufzt. Hoffentlich sagt er jetzt nicht, dass er mich gut leiden kann. Und dass wir Freunde bleiben können und so einen Mist. Aber Amrit sagt gar nichts.
»Das kann doch nicht sein, dass ich immer in diesen Schwitzschuppen kommen muss, wenn ich dich mal sehen will.«
Kann aber schon sein.
Irgendeine Tussi möchte Amrits Assistenz, damit sie ihren unverbesserlichen Arsch in Form bringen kann, vergebliche Liebesmüh, aber das ist nun mal sein Job, ist ihm auch ganz recht, so muss er nicht antworten und zuckt nur mit den Schultern und lächelt.
Noch ist nichts verloren, denke ich, und bewege mit den Armen und Beinen diese bescheuerte Maschine.
Wenn man damit wenigstens Strom erzeugen würde.
Vielleicht kann ich ihn mit dieser Geschäftsidee überzeugen, ein Fitnessstudio, wo ganz ökologisch mit dem Muskelschmalz der

Figurkranken und Muskelpsychos Strom erzeugt wird. Eine Doku über eine Disko in Holland hat mich inspiriert. Also da erzeugen sie mit dem Gehufe und Getrampel der Tanzenden Strom für die Lichteffekte, und demnächst wollten sie auch den Schweiß aus der Luft saugen, um damit die Toiletten zu spülen. Okay, warum nicht.
Amrit hat die Tussi eingewiesen und trottelt an mir vorbei.
»Hey Amrit, komm mal kurz her.«
»Ich muss mal da rüber.«
»Ich hab da so eine Geschäftsidee.«
»Eine Geschäftsidee?«
»Ja.«
»Die kann bestimmt noch warten.«
»Du bist ein verdammtes indisches Kamel.«
»Ich komm gleich.«
»Dir entgeht was.«
»Schätzchen, das hier ist meine Arbeit.«
»Darüber wollte ich ja mit dir reden.«
Ich weiß auch schon, wo wir das Startkapital herholen, also, wo ich es herhole, aber das werde ich für mich behalten.
Ich erkläre ihm alles mit großem technischem Einfühlungsvermögen. Aber er ist überhaupt nicht begeistert.
»Wie stellst du dir das vor, soll ich da Fahrraddynamos dranbauen oder was, da braucht man Hightech, weißt du, was das kostet?«
»Ich verdiene jetzt.«
»Du verdienst jetzt fünf Euro am Obststand oder was?«
»Nein, richtiges Geld.«
»Womit denn?«
Ich sehe ihn geheimnisvoll an. Aber anscheinend beherrsche ich diese Kunst schon zu gut oder nicht gut genug, jedenfalls beeindruckt ihn das überhaupt nicht.
»Darüber möchte ich noch nicht sprechen.«

Er hat gar keine Antwort erwartet und sich schon fast abgewendet, da habe ich dann doch noch was zu sagen.
»Ich bin eine todsichere Investition.«
Das ist eine Sprache, die der Inder an sich verstehen müsste oder überhaupt der Mann.
Dann geschieht lange Zeit nichts, außer dass ich schwitze und alle Menschen hasse, die an mir vorbeigehen. Schließlich erbarmt sich Amrit noch mal.
»Ach, Jamuna, nächstes Jahr gehe ich nach Indien, Informatik studieren.«
»Kannst du doch hier studieren.«
»Kann ich nicht, mein Onkel bezahlt alles, aber nur, wenn ich nach Indien komme.«
»Aber du sprichst kein Wort Hindi oder was immer.«
»Mann, die sprechen da Englisch. Außerdem kann ich Hindi.«
»Ja, ich weiß, so zwei drei Kinderlieder, hast du mir mal vorgesungen, mera chuta hel japani, je patlun inglestani ...«
»Hör auf. Du machst mich echt fertig.«
»Du hast gleich Schluss, oder?«
Pir bi schwanz he hindustani.
Kleiner Punktsieg, von wegen Sprachkenntnissen. Ich werde mutig, weil ich mutig bin oder umgekehrt.
»Lass uns was trinken gehen, ich lade dich ein.«
»Kann nicht. Muss nach Hause.«
»In den Wedding.«
»Ja, in den Wedding.«
»Selber schuld.«
Er könnte ja mit mir zusammenziehen und ein Imperium aufbauen, das sieht er einfach nicht.
»Andere würden sich eine Hand oder den Rüssel abhacken, um mit mir was trinken zu gehen, oder zweihundert Euro hinblättern.«
»Dann geh mit denen was trinken.«

»Mach ich auch.«
Aufgeben ist meine Sache nicht.
»Hör mal.«
Er hört vielleicht, sagt aber nichts.
»Mach ich wirklich.«
»Halt doch einfach mal die Klappe.«
»Gefalle ich dir dann besser?«
»Ja.«
Gut geschlossene Lippen, das kann ganz schön sein.
»Ich schweige wie ein Grab.«
»Gut.«
»Solange du willst.«
»Du kannst es nicht lassen.«
Trotzdem, diesmal habe ich irgendwie gewonnen, ich weiß nicht wieso.
Ich ziehe mich schnell an, ohne zu duschen.
Amrit wartet draußen.
Er hat Lust was zu rauchen.
Wir gehen ans Ufer.
Steigen über den Zaun.
Setzen uns ins Gras.
Er baut was, wir rauchen, wir reden fast nichts. Das ist aber doch mal ein Anfang oder eine Fortsetzung, irgendwas jedenfalls und nicht Nichts.
Wir gucken aufs Urbankrankenhaus, eigentlich ein irre hässliches Gebäude, aber alles andere ist schön hier, und wenn man, solange man denken kann, weiß, dass es da ist, fällt es einem gar nicht auf, außer man schaut es sich mal an und denkt drüber nach, so wie jetzt.
Rechts geht gleich die Sonne unter oder verschwindet jedenfalls hinter den Häusern.
Auf dem Wasser gibt es Schwäne. Ich schätze, es sind so zweiund-

zwanzig, weiß aber, dass man sich da naturgemäß immer verschätzt, und dann sind es immer viel mehr, also schätze ich vierunddreißig und zähle und es sind dreiunddreißig.
»Dreiunddreißig.«
»Was?«
»Die Schwäne.«
»Ist ja abgefahren.«
Ich lehne mich an Amrit und lege meinen Arm um ihn.
»Hätte gedacht, das wären viel weniger.«
»Sind es ja vielleicht auch.«
»Quatsch, du hast gezählt. Hab ich an deinem Gesicht gesehen.«
»Gib mir noch einen Zug.«
»Fliegen die eigentlich weg?«
»Jetzt nicht.«
»Ich meine für den Winter.«
»Glaube nicht.«
Der Winter kommt dann auch irgendwann mal, dann wird alles noch schlimmer, aber daran mag ich jetzt nicht denken, habe ich aber schon, umso besser jetzt alles.
»Bin im Winter nie hier.«
»Die vielleicht auch nicht.«
»Vielleicht.«
Die Sonne macht irgendwas, jedenfalls sehe ich sie nicht mehr, sie versteckt sich oder ist schon weg, obwohl, dafür ist es zu früh. Aber es ist einfach schön und warm und man weiß, dass sie irgendwie da sind. Die Sonne. Und Amrit.
Wir träumen was, und in der Nähe schreien ein paar Betrunkene, weil eine Flasche Bier umgefallen ist und keiner weiß, wem die andere Flasche, die nicht umgefallen ist, gehört. Und eine Krähe wagt sich in unsere Nähe, weil sie denkt, es gäbe was zu holen, aber es gibt nichts zu holen, sie fliegt trotzdem nicht weg, vielleicht, weil ihr das alles hier genauso gut gefällt wie mir.

»Weißt du was, Amrit?«
Amrit nimmt den letzten Zug und hustet danach, das habe ich schon mal gesehen, bei jemand anderem, das macht man wohl so. Es gefällt mir, wie alles, was Amrit tut, wenn er nicht nachdenkt.
Ich sag's noch mal, weil Amrit nicht reagiert.
»Weißt du was, Amrit?«
Er zuckt schwach mit den Schultern.
»Ich krieg dich noch.«
Wir küssen uns.
Amrit erholt sich auch davon.
»Gib mir mal die Wasserflasche.«
Coole Frauen haben immer eine Flasche Evian dabei, kann ja auch Leitungswasser drin sein.
Er bekommt sein Wasser, und ich bin glücklich.

25

Auf Wolke sieben schwebe ich nach Hause, eigentlich ohne Grund, wenn man von dem Kiffzeug absieht, aber das bewirkt bei mir nicht viel. Ich habe mich auch zurückgehalten, weil ich dachte, Amrit ließe sich stoned vielleicht zu größeren sexuellen Übergriffen verführen, was aber leider nicht der Fall war, ist vielleicht auch die falsche Droge für so was.
»Papa, alles wird gut.«
Ich falle ihm um den Hals. So eine Dummheit.
»Hast du was geraucht?«
»Nein.«
Blöd ist er ja nicht, und seine Nase ist groß genug, ich muss es zugeben.
»Ja.«

»Ich mag das nicht, du bekommst Lungenkrebs.«
»Du auch.«
»Ich bin schon alt.«
Vater sieht mich ein wenig missmutig an oder auch böse.
Vielleicht gibt es irgendwelche schlechten Neuigkeiten von dieser Frau, die auch hier wohnt, ich frage lieber nicht nach. Wenn ich es recht bedenke, habe ich sie irrsinnig lange nicht gesehen, vielleicht ist sie wirklich ein, zwei Tage gar nicht aufgetaucht, das wäre dann allerdings wirklich eine neue Qualität.
Er sieht mich an, als müsste er sich Sorgen machen, aber ich kann ihm ja schlecht sagen, dass ich das Geld besorgen werde. Dass ich es mit meinem Körper verdienen werde und er es mit seinem Grips nie verdienen kann, so sieht es doch aus.
»Du musst dir keine Sorgen machen. Das Geld ist so gut wie bezahlt.«
Das erste Mal, dass er die Sache überhaupt erwähnt.
Ich sehe ihn lange an, aber er hat sein Pokerface aufgesetzt, dabei handelt es sich einfach nur um ein schönes, ausdrucksloses arabisches Männergesicht.
»Wirklich?«
»Ja, Kleine. Kein Problem, vergiss es einfach.«
»Und wo kriegst du das Geld her?«
»Das lass mal meine Sorge sein. Es ist eigentlich schon da.«
»Du machst aber nichts Illegales.«
»Mein Mädchen, hast du jemals erlebt, dass dein Vater was Illegales getan hat?«
Von Männern darf man überhaupt nie die richtigen Antworten erwarten. Da fallen mir schon einige Sachen ein (chinesische Uhren, Silberdollars 1865 mit Washington drauf, die Leute auf dem Flohmarkt glauben, den Fang ihres Lebens gemacht zu haben, ebenfalls made in China), aber nichts, mit dem man ein paar tausend Euro verdienen könnte.

»Nein.«
»Ich mach uns was zu essen. Hunger?«
Ich nicke.
»Du kannst diesen Jungen ruhig mal wieder mitbringen, vielleicht zum Essen, ist zwar kein Deutscher, aber was soll's.«
»Du siehst das nicht mehr so eng.«
Da bringt er mich auf eine Idee.
»Nein, jetzt nicht mehr.«
Vermutlich muss ich mich beeilen, denn diese Ansagen von Papa gefallen mir überhaupt nicht; also ich frage mich, was er vorhat oder schon getan hat, weil das kann sich ja nur um große Scheiße handeln, wenn man schnell so viel Geld beschaffen will, das weiß ich sozusagen aus erster Hand.
»Was hast du vor?«
»Zerbrech dir nicht meinen Kopf.«
Ich muss ihm schnell klarmachen, dass ich alles regeln werde.
Und die Inder haben immer was los mit Geld und stellen sich nicht dumm an, das ist bekannt.
Aber erst mal fällt mir noch was auf. Irgendwas fehlt hier.
»Wo sind eigentlich die Kleinen?«
»Die sind zwei Tage zu deiner Tante. Mama hat einen Auftrag, irgend so ein Heim an der Ostsee. Da ist wohl Not am Mann, und sie muss aufpassen, dass sich keiner in die Fluten schmeißt.«
Warum bauen die das Teil dann am Wasser, wenn man ständig Angst haben muss, dass jemand die Bleiente macht. Not, so ein kleines, unscheinbares Wort. Aber ich möchte jetzt keine Konfrontation.
»So was kann sie ganz gut.«
»Ja, die setzen große Stücke auf sie.«
»Papa, es tut mir leid, wie das gelaufen ist.«
»Du kannst ja nichts dafür.«
»Aber ich hab dich angestachelt.«

»Ja. Ich hab gedacht, wir machen unser Glück an dem Abend. Und ich wollte meinem kleinen Mädchen imponieren.«
»Das hast du geschafft.«
»Aber ich habe verloren.«
»Das zählt nicht.«

»Papa, du machst aber keinen Blödsinn, um die Schulden zu bezahlen.«
»Nein.«
Ich sehe ihn an und glaube ihm kein Wort. Da wird irgendwas ganz falsch laufen, wenn ich nicht eingreife.
»Amrit kann mir das Geld geben.«
»Amrit?«
»Ja, er hat geerbt, er gibt mir das Geld, sein Onkel ist so ein indischer Maharadscha, er bezahlt ihm auch das Studium.«
»Ich denke, er hat geerbt, dann muss der Onkel doch tot sein.«
»Nicht ganz.«
Die Frage des Erbens ohne Todesfall vertiefen wir jetzt lieber nicht. Andere Länder, andere Sitten.
»Du hast Amrit davon erzählt?«
»Nein, natürlich nicht.«
Jetzt brauche ich eine wirklich gute Ausrede.
»Was hast du ihm dann erzählt, wofür du das Geld brauchst?«
Ich schweige.
»Antworte.«
Ich schweige noch immer. Die Idee, die ich habe, scheint mir etwas gewagt, aber.
»Ich prügel es aus dir raus, antworte!«
Ich muss ja doch antworten:
»Ich habe gesagt, ich bräuchte das Geld für eine Schönheitsoperation.«
»Das ist jetzt nicht dein Ernst.«

»Meine Nase könnte schon eine Verkleinerung vertragen, und da ist auch was an meinen Hüften, was mit Training nicht wegzukriegen ist.«
»Das Schwein, und dafür will er dir Geld geben?«
Ich zucke mit den Schultern.
»Nein, so ist es nicht.«
»Ich bring ihn um.«
»Papa, ich will nur, dass du keinen Scheiß baust.«
»Mach dir um dich selbst Sorgen, dann hast du genug zu tun.«
»Ja. Stimmt.«
»Und das mit der Schönheitsscheiße ist erfunden?«
»Ja. Wirklich.«
»Wenn man einmal Lügen in die Welt setzt, die wird man so schnell nicht mehr los.«
»Es stimmt einfach nicht.«
»Du bist eine Pest, weißt du das?«
»Ja, ich weiß.«
Papa droht mir: »Bring ihn noch mal mit nach Hause, damit ich ihn nicht in der ganzen Stadt suchen lassen muss.«

26

Eine Text-AG ist eine altersgemäße Beschäftigung für ein junges Mädchen, also das war es jedenfalls mal, Gedichte schreiben, unter Anleitung, weil das gut für den Charakter sein soll, und wenn man in irgendeinem Fach auf der Kippe steht, wird einem eine AG hoch angerechnet. Auch bei Fehlzeiten, und davon werde ich mehr als genug haben.
Also, ich baue vor und schreibe Gedichte, damit ich arbeiten gehen kann. Wir versuchen auch Prosa, aber dafür reicht laut HP die Auf-

merksamkeitsspanne bei den jungen Leuten sowieso nicht mehr. Wir versuchen es aber trotzdem.
Ich muss dazu sagen, dass wir uns alleine in P 6, dem dafür vorgesehen Raum (P für Penetration) befinden, der ist allerdings nicht dafür vorgesehen, dass ich mich mit HP allein treffe, eigentlich waren wir mal zu siebt, aber in letzter Zeit kommt niemand mehr.
Hier sind die Stühle zu einem Kreis gestellt, und die Tafel ist so ein weißes Teil, auf das man mit großen Filzstiften schreibt.
(Tafelbild: Unterm Birnbaum, Ort. Zeit.)
Es sieht aus, als würde mich HP gleich in den Arm nehmen wollen.
Also HP gefällt mir nicht besonders, er sieht aus, als würde er trinken, er ist nicht besonders groß, und er schielt auch ein bisschen, trotzdem hat man das Gefühl, dass er irgendwie ein Frauentyp ist.
Aber eher was für ältere Ladys.
»Und was macht die Prosa?«, fragt er.
»Ich glaube, ich kann keine Prosa«, sage ich.
»Du kannst doch schon keine Gedichte.«
Ich hoffe, er lässt die Stunde ausfallen, weil wir ja nur zu zweit sind.
»Im Ernst, hast du was gearbeitet?«
»Ich mach immer nur Dialoge.«
»Dialoge kommen eigentlich erst später. Zeig mal her.«
Ich habe zwar ein paar Dialoge geschrieben, Telefonate zwischen meiner Sozialarbeiterin Rike und dem vermutlichen Geliebten meiner Mutter, und zwischen Mamut und dem Geliebten meiner Mutter, aber ich habe überhaupt keine Lust, sie HP zu zeigen, dazu müsste ich ihm auch viel zu viel erklären. Er lässt aber nicht locker.

***

(über Zufälle, erster Anruf, Marco und Rike)
»Hallo.«
»Hallo.«

»Wer ist denn dran?«
»Wir waren zusammen einkaufen.«
»Das glaube ich nicht.«
»Egal. Möchtest du mich wiedersehen?«
»Ich weiß nicht, mit wem ich spreche.«
»Das verstehe ich, aber ich habe diese Nummer, und ich wollte dich gar nicht nerven, aber wenn du dich nicht erinnerst, lege ich einfach auf.«
»Nein warte, worum handelt es sich?«
»Ich würde dich gern wiedersehen.«
»Haben wir uns denn schon einmal gesehen?«
»Ich glaube ja.«
»Sind Sie der Vater eines Kindes?«
»Ich bin der mit den zwei Katzen.«
»Ich habe auch eine Katze.«
»Das ist schön.«
»Ja, das ist schön.«
»Willst du mir mal deine Katze zeigen?«
»Ja, warum nicht.«
»Also, sehen wir uns?«
»Ja, aber ich wüsste schon gerne, woher wir uns kennen.«
»Ich glaube, du bist es gar nicht.«
»Wie soll ich es denn nicht sein, ich bin es doch, ich wüsste ja, wenn ich es nicht wäre. Du hast eine schöne Stimme. Willst du mir nicht sagen, woher du diese Nummer hast?«

(zweiter Anruf: Marco und Mamut)
»Hallo.«
»Ja, hallo. Wer ist da?«
»Ich selbst.«
»Halt's Maul. Sag sofort, wer du bist.«
»Mit wem spreche ich?«

»Mit mir.«
»Und wer sind Sie?«
»Du wirst mich noch kennenlernen.«
»Ich lege jetzt auf.«
»Wenn du meine Schwester anrührst, bringe ich dich um.«
»Hallo, ich weiß nicht, wovon Sie reden, Sie haben sich verwählt.«
»Ich weiß aber, wovon ich rede, und ich weiß, wer du bist und warum.«
»Ich lege jetzt auf.«
»Ja, leg auf, für immer, sonst töte ich dich.«

(Mamut ruft noch mal an. Weil es ihm so viel Spaß gemacht hat. Dritter Anruf:)
»Hallo.«
»Ja, ich schon wieder. Leg nicht auf, toter Mann.«
»Was?«
»Ich sage, leg nicht auf, toter Mann, solange du noch kannst.«
»Ich kenne Ihre Schwester nicht.«
»Sie kennen den Bruder meiner Schwester nicht, aber das wird sich ändern.«
»Ich finde das unglaublich und lasse mich nicht einschüchtern.«
»Ich finde dich auch, Arschloch. Ich weiß sogar, wo du wohnst. Ich weiß, wo dein Auto steht.«

(noch ein Anruf, vierter Anruf:)
»Dein Bruder hat mich angerufen, er will mich umbringen.«
»Ach so.«
»Muss ich mir da Sorgen machen?«
»Nein, ich habe keinen Bruder.«
»Was sollen wir also tun?«
»Dein Leben macht mich neugierig.«
»Aber kann ich dir trauen?«

»Du hast mich angerufen.«
»Was hast du an?«

HP sagt: »Ich verstehe nur Bahnhof.«
»Ich denke mir, das endet mit Telefonsex. Hab ich alles nur im Kopf. Hab ich mir nur ausgedacht.«
»Ich verstehe jedenfalls, dass jemand bedroht wird.«
»Nein, da wird niemand bedroht. Nicht wirklich.«
»Was willst du damit ausdrücken?«
»Nichts. Ich will gar nichts ausdrücken, ich hab einfach nur Dialoge gemacht, weil mir langweilig war.«
»Und?«
»Nichts und.«
»Ihr seid wirklich alle verloren.«
»Wen meinen Sie mit alle?«
»Einfach alle. Eure ganze Generation.«
»Ja, klar, was sonst.«
»Wie läuft's mit deinem Amrit?«
»Ach, das interessiert Sie doch gar nicht.«
»Doch, sonst hätte ich mir den Namen nicht gemerkt.«
»Ich hab Kopfschmerzen.«
»Wie kommt's?«
»Ich muss morgen zur Bewährungshelferin.«
»Du meinst Sozialarbeiterin.«
»Kennen Sie doch gar nicht.«
»Das ist die Frau mit der Katze.«
»Sie nehmen mich auf den Arm.«
»Könnte ich gar nicht.«
»Wollen Sie auf mein Gewicht anspielen?«
»Du bist ein Floh, aber ich habe es an der Bandscheibe.«
»Sie zwingt mich, mit fremden Männern auszugehen.«
»Wer zwingt dich, mit fremden Männern auszugehen?«

»Diese Frau. Vom Amt.«
»Das ist nicht dein Ernst.«
»Doch. Sie sagt, das würde meine Persönlichkeit bilden.«
»Und, tut es das?«
»Sie machen sich über mich lustig.«
»Ich glaube, du machst dich über mich lustig.«
»Kann sein. Aber nicht in dem Fall.«
»Sag mal, was ist los?«
»Ach, keine Ahnung. Mir wird das alles zu viel.«
»Deine Sozialarbeiterin bringt dich dazu, mit Männern auszugehen?«
»So ungefähr. Aber wie gesagt, ich kann nicht drüber reden.«
»Was für Männer?«
»Na, so Bekannte von ihr halt.«
»Und mit denen sollst du dich prostituieren?«
»So extrem würde ich es nicht ausdrücken.«
»Sie erpresst dich?«
»Na, ich bin halt drauf angewiesen, dass sie eine positive Prognose stellt, wegen Klauen und weil ich der Nhilmini eine reingehauen habe.«
»Das stimmt doch nicht, oder?«
»Nein, vergessen Sie's. Können wir Schluss machen für heute?«
»Wir haben noch gar nicht angefangen.«
»Aber hier ist kein Mensch.«
»Und du gehst mit diesen Männern aus?«
»Einmal bisher.«
»Und wie war das?«
»Es ging so.«
»Hat er was von dir gewollt?«
»Es ist nichts passiert, wenn Sie das meinen.«
Er schaut mich zweifelnd an.
»Was machen wir nächstes Mal?«

»Versetz dich in irgendwas rein und schreib aus der Perspektive eine kurze Geschichte.«
»In was?«
»Egal, irgendwas Absurdes, ein Tier, einen Gegenstand.«
»Einen Mann.«
»Einen Albatros überm Meer.«
»Sie haben's irgendwie mit dem Meer. Ihnen ist schon klar, dass Berlin nicht am Meer liegt.«
»Ja, ich weiß.«
»Dann wär's Hamburg oder so.«
»Wenn das wieder vorkommt, dann sprichst du mit mir, dann unternehmen wir was.«

27

Der Fremde sieht gut aus, auch ein wenig böse, wie Kevin Bacon. Er trägt fette Goldringe, zwei Siegelringe, weil er zwei Personen auf einmal ist, wie er mir später noch erzählen wird.
»Du bist spät.«
Fängt an wie ein Gespräch mit meinem Vater.
»Setz dich.«
So geschieht es.
»Willst du was trinken?«
Ich schaue in die Karte.
»Du bist ganz schön jung.«
»Ich dachte, das hätten Sie so gewünscht.«
»Natürlich.«
»Natürlich.«
»Anders geht es ja gar nicht.«
Okay, anders geht's also nicht. Fluchtnerv, habe ich in Bio mal

was drüber gehört, gelesen bestimmt nicht. Stammt noch aus der Steinzeit oder so, den spüre ich jetzt. Der Fremde wittert das und lächelt.
»Keine Angst. Ich bin nicht das Monster, für das ich mich halte.«
Auch ein Satz, über den es sich nachzudenken lohnte, wenn für so was Zeit wäre.
»So was Ähnliches habe ich auch schon mal gedacht.«
»Ach ja? Ich habe noch nie mit einer kleinen Nutte philosophiert.«
Ich bin einssiebzig groß, fast, ich finde das für ein Mädchen nicht besonders klein. Zum Beispiel Kate Moss ist kleiner, glaube ich.
»Ich bin keine Nutte.«
»Natürlich.«
»Außerdem bin ich nicht klein, Sie sind klein.«
»Ich zahle doch nicht vierhundert Euro, um mich mit einer Pennälerin zu unterhalten.«
»So viel.«
Das freut mich erst mal.
»Ja, das wird ein längerer Abend.«
»Das weiß ich noch nicht.«
Da habe ich auch noch ein Wort mitzureden.
»Natürlich.«
Kann er nicht mal aufhören, ‚natürlich' zu sagen.
Wir trinken zwei Tequila. Jeder zwei. Jetzt hat er schon meine Zunge gesehen und ich leider auch seine. Sie ist gespalten, vermutlich hat er genau deswegen Tequila bestellt, damit er sich mit diesem Schlangending über den Handrücken lecken kann.
Mir wird schlecht, aber vorerst denke ich noch tapfer an das Geld. Und trotz allem sieht er besser aus als Mirko, auch wenn das nicht gerade ein großer Trost ist.
Die Bedienung schaut uns auch extrem angenervt an, eigentlich denke ich, kann sie sich das in so einem Laden nicht erlauben, aber vielleicht hat sie schon Erfahrungen mit diesem Kunden.

Um uns herum sind nur Schnösel und alte blöde goldbehangene Bratzen mit teuren Klamotten, die aussehen wie aus dem Klo gezogen.
Er fragt mich, was ich sonst so mache.
Ich gehe zur Schule.
Ach ja.
»Und was willst du mal werden? Außer dem, was du schon bist.«
Was ich mal werden will. Ich weiß, das gehört sich nicht, einfach die Fragen, die einem jemand stellt, zu wiederholen, als sei man selbst oder der Fragesteller oder alle beide bescheuert. Was ich also werden will. Tierpflegerin oder Pornostar.
»Ich möchte die werden, die ich bin.«
Das verschlägt ihm jetzt aber doch die Sprache, er spricht nicht mehr länger mit gespaltener Zunge, er sagt keinen Pieps.
Dann fällt ihm aber noch ein, dass er mich ja bezahlt, und er sagt:
»Dabei werde ich dir helfen.«
So was habe ich befürchtet.
»Also ich mache das nur, aber auch wirklich nur, weil ich das Geld brauche, sonst bringt man mich um oder so.«
Diese Ansage erscheint mir notwendig, denn der Typ hält mich vielleicht für so pervers, dass mir so was Spaß macht, auch wegen seines Egos, am Ende glaubt er noch, er würde mir gefallen.
Besonders vor diesem ‚oder so' habe ich Angst.
»Das hört sich ja dramatisch an, Mädchen.«
»Ja, so kommt es mir auch vor.«
»Das heißt, du hast nicht mal ein bisschen Spaß an dem, was du tust?«
Ich tue ja gar nichts Besonderes.
»Doch, das habe ich eigentlich immer. Sonst hätte ich mir schon die Kugel gegeben.«
Das kommentiert er nicht, sondern bestellt noch was zu trinken, na gut. Wir trinken also noch was, und haben auch nichts mehr zu re-

den. Er redet trotzdem, irgendwas. Ich höre nicht zu. Und nicke ab und zu mit meinem teuren Kopf.
Machen wir also einen Spaziergang über den Kudamm, warum nicht.
»Die Leute sehen alle aus, als würden sie schlecht gefickt.«
Da mag ich gar nicht widersprechen.
Er nimmt jetzt tatsächlich meine Hand und führt sie an seinen Mund und drückt einen keuschen Kuss darauf. Jedenfalls ohne Zunge, Gott sei Dank.
»Wirst du gut gefickt?«
»Ich werde eigentlich gar nicht gefickt.«
»Dann hast du dir einen eigenartigen Job ausgesucht.«
»Eine Notmaßnahme.«
Darüber denkt er nach, dann sieht er sich die Sportschuhe in einem Schaufenster an.
Laufschuhe mit Weltraumtechnik.
»Du wirst dich nicht ohne Gummi ficken lassen«, sagt er, als er seine Betrachtung abgeschlossen hat.
»Nein, bestimmt nicht.«
Wenigstens fragt er vorher.
»Das ist sehr schlecht.«
»Ich finde das ganz natürlich.«
»Natürlich. Da muss ich ein bisschen umdenken. Wir müssen in die Tiefgarage.«
Warum zum Teufel müssen wir in eine Tiefgarage?
»Da steht mein Wagen.«
»Wir machen einen Ausflug?«
»Ja, so ungefähr.«

Kurze Zeit später fahren wir wieder über den Kudamm, er ist nicht in der Tiefgarage über mich hergefallen, er hat mir sogar die Tür aufgehalten. Im Wagen riecht es nach gestorbenem Tier. Ein bisschen Vertrauen in die Menschen muss sein, hat mein Vater einmal gesagt, als er jemanden beim Autoverkauf betrogen hat (unfallfrei, erster Hand, technisch einwandfrei), sonst käme man auf der Welt gar nicht mehr zurecht.

Auf Nachfrage erfahre ich, dass es sich um einen sechsundneunziger Rover handelt, kotzgrün, die Farbe war noch mal zweitausend Euro teurer, fast schon ein Oldtimer.

Schließlich fahren wir Richtung Kurfürstenstraße, und ich ahne den Grund für den Ausflug.

Da hinten gehört ihm eine Bar oder einem Freund, der fast gestorben ist an Drogen und Nutten. Das findet er komisch.

»Ich würde dich bitten, jemanden für uns auszusuchen. Wenn es dir nichts ausmacht.«

Ich glaube, das macht mir nichts aus. Geteiltes Leid ist halbes Leid.

Um ehrlich zu sein, die Auswahl ist nicht groß. Auf der Straße befindet sich der Babystrich, das weiß jedes Kind. Aber im Moment sichte ich nur zwei Professionelle in Lack, vermutlich aus Rumänien.

»Die sind dir zu dick?«

»Ja.«

Gut, mir kann das ja eigentlich egal sein.

»Mir auch. Ich dreh noch mal.«

Wir haben mittlerweile die finstere Flottwellstraße erreicht, ein wirkliches Niemandsland, da kann man den Wagen abstellen und sich in Ruhe einen blasen lassen.

Mein Kunde dreht den Wagen.

Vielleicht sehen die leichten Mädchen ja von der anderen Seite anders aus.

Aufreizend langsam rollen wir am Gehweg entlang. Und werden von Fahrern, die sich ihren Teil denken, überholt.

Meine Wahl fällt schließlich auf eine schöne Frau im schwarzen

Mantel, wie sich herausstellt aber leider keine Nutte. Sie lächelt uns an und findet das ganz lustig.

Wir sind mittlerweile schon fast wieder am Café Einstein angekommen; wir wenden einfach noch mal.
Das Angebot ist nicht gerade berauschend, und ich glaube fast, das wird nichts. Dabei erscheint mir das immer wichtiger, je öfter ich zum Fahrersitz schaue.
»Sie wollen also eine von diesen Frauen ohne Kondom ficken?«
Kann man doch mal fragen.
»Natürlich.«
»Machen die das denn?«
»Wenn man genug bezahlt.«
Ich werde etwas übermütig.
»Bei mir haben Sie das gar nicht versucht.«
»Ach Kindchen, das möchte ich dir nicht antun. Du sollst einfach ein bisschen zuschauen. Kannst du dir vorstellen, wie ich sie lecke. Wie ich sie lecken werde.«
»Aber das ist doch eine Nutte, wer weiß, was Sie sich da einfangen können.«
»Aber du bist doch auch eine Nutte.«
»Ich bin keine Nutte.«
»Natürlich.«
Er verwendet dieses Wort gerne, aber nicht richtig, eigentlich müsste es heißen, natürlich nicht, aber ich bin ja nicht als Sprachenlehrerin engagiert, das werden Migrantinnen mit einem schönen Arsch selten.
Inzwischen könnte ich schon wieder heulen.
Aber inzwischen sitzt auch ein Mädchen auf der Rückbank. Sie fragt:
»Wo fahren wir hin?«
»Ins Hotel.«

»Dreier hab ich noch nie gemacht.«
»Schön für dich.«
»Kostet aber extra.«
»Keine Angst.«
Er muss noch eine wichtige Sache klären.
»Sag mal, du machst es doch ohne Gummi?«
Sie denkt einen kurzen Moment nach.
»Niemals. Ich bin doch nicht bescheuert. Lassen Sie mich aussteigen.«
»Zweihundert.«
»Euro?«
Was sonst, Glasbausteine?
»Ja. Und mehr, wenn es uns gefällt.«
»Okay.«
Die Frage wäre also in aller Schlichtheit geklärt. Mich wundert dann auch gar nichts mehr. Sie hat Pupillen wie Golfbälle. Auch dem Fahrer fällt das auf:
»Du bist aber nicht heroinabhängig?«
»Nein.«
»Aber du spritzt dir schon manchmal was?«
»Eigentlich ist das vorbei.«
»Ist jetzt auch egal.«
»Wo fahrn wir denn hin?«
»In ein schönes Hotel. Sind gleich da.«
»Toll.«
Aber gut, vielleicht stehe ich da demnächst auch, wenn ich nicht aufpasse, und freue mich, ohne Kondom in einem Hotel von einem zungengespaltenen Mann gefickt zu werden.
»Gibt's da ne Badewanne?«
»Klar.«
»Und Champagner?«
»Auch.«

»Champagner trinke ich gerne.«
»Gut.«
»Der prickelt so schön.«
Fehlt nur noch, dass sie anbietet, es umsonst zu machen. Ich meine, die Braut ist echt gut drauf plötzlich. Sonst muss sie Blowjobs für einen Zwanziger machen. Sie ist garantiert fünf Jahre älter als ich oder so, und ich möchte sie fragen, ob sie einen Schulabschluss hat, weil es mich wirklich interessiert.

»Du bist aber ganz schön drauf.«
Die Kleine atmet ganz komisch.
»Wenn du kotzt, schmeiß ich dich raus.«
»Ich hab noch nie gekotzt.«
»Noch nie?«
»Außer auf Entzug.«
Ich sitze mit einem Verrückten mit gespaltener Zunge und einer Junkie-Braut in einem Auto, und wir fahren in ein Hotel, und dort soll ich den beiden beim Sex zusehen. Ich weiß jetzt nicht mehr, ob das so eine gute Idee ist, wie ich gerade dachte, aber da sind wir schon in der Tiefgarage.
»Soll ich dir hier einen blasen?«
Sie kann's anscheinend gar nicht erwarten. Vermutlich ist das der Tiefgaragenreflex, wie beim Pawlowschen Hund.
»Nein. Wirklich nicht. Steig aus. Versuch einfach ganz normal auszusehen.«
Damit erklärt sie sich einverstanden, sie nickt. Gut. Wir steigen in den Aufzug. Uns begegnet niemand.

Das Zimmer ist kleiner, als ich erwartet hätte, aber wahrscheinlich weiß der Mann, wofür er sein Geld ausgibt.
Der Mann bestellt beim Zimmerservice zwei Flaschen Champagner und geht ins Bad.

Die junge Frau hat sich aufs Bett gesetzt, ich sitze auf einem kleinen Sofa und schlage die Beine übereinander.

»Ist das dein Freund?«

Sie lächelt schief und sieht wirklich etwas verrückt aus, aber sie ist auch irgendwie schön. Der Altersunterschied zwischen mir und meinem Freund scheint sie nicht zu irritieren.

»So ungefähr.«

»Der ist echt großzügig. Aber ich steh nicht auf Frauen.«

»Ich auch nicht.«

»Du machst das nur für ihn?«

»Ja.«

»Finde ich stark.«

»Okay.«

»Das muss Liebe sein.«

»Natürlich.«

Auch im Zimmer ist dieser Geruch nach gestorbenem Tier, das muss echt mit dem Typen zusammenhängen; das beunruhigt mich.

»Ich will auch mal so geliebt werden.«

»Das wirst du.«

»Ist er zärtlich?«

Ich kann mir nicht vorstellen, dass so ein Typ zärtlich ist, aber auch nicht, dass man so eine dämliche Frage stellen kann.

»Ja, ich glaube, er lässt dir ein Bad ein.«

Jetzt kommt der Champagner.

Die Pagin oder wie man das nennt bekommt kein Trinkgeld, ist ja auch alles teuer genug.

Wir stoßen an. Auf uns.

Sie sagt: Ich finde euch toll.

Jetzt werd mal nicht familiär.

Sie soll ins Bad.

Wasch dir die Muschi.

Die Aufforderung steht irgendwie unausgesprochen im Raum.
Ich frage, ob ich gehen kann, also ob ich auch dann mein Geld bekomme. Aber der Mann winkt ab. Sehr witzig.
Er zieht eine Line Koks, während die Nixe im Bad ist.
Ob ich auch will.
Ja. Nein. Egal. Warum nicht.
Gesehen habe ich das immerhin schon mal.
»Ich hol die mal raus, sonst ersäuft die uns noch.«
Sie trägt den Bademantel des Hotels und wirkt plötzlich nüchtern und verletzlich. Der Mann steht mitten im Raum, er trägt noch alle seine Klamotten. Ich sitze auf dem kleinen Sofa, die junge Frau hat sich aufs Bett gesetzt. Kann sein, dass ihr das Stehen schwerfällt oder dass sie das Bett in diesem Fall für ihren natürlichen Aufenthaltsort hält.
»Leg dich auf den Bauch.«
Sie legt sich auf den Bauch.
Sie ist wirklich ganz schön anzusehen. Kein Gramm zu viel, keine Kunst vielleicht, wenn man Drogen nimmt. Auch wenn ihre Mundwinkel irgendwie ausgefranst aussehen, aber das bilde ich mir vielleicht ein, und jetzt vergräbt sie ja auch schon den Kopf im Kissen. Denn mein Freier hat sich ausgezogen und sich hinter sie gekniet. Ich bin bester Stimmung und habe das Gefühl, alles im Griff zu haben, als sei das hier meine Veranstaltung, komisch, wie die Chemie in der Lage ist, einen zu verändern. Da müsste ich mal mit meinem Biologielehrer drüber sprechen, aber der trinkt nicht mal Rotwein, er hat mal gesagt, das sei das Blut des Teufels, mit dem mache man sich gemein, wenn man Alkohol trinke.
»Aber nicht in den Arsch.«
Jetzt scheint ja eh alles egal zu sein. Ich denke, da ist die Ansteckungsgefahr für alles mögliche noch höher, aber sie hat ganz andere, romantische Gründe.
»Der ist für meinen Freund.«

Der Mann hält nicht inne, sondern drängt mit seinem steifen Schwanz gegen ihren Hintern.
»Der ist nur für meinen Freund.«
Dabei stöhnt sie schon ein bisschen, ob sie das wirklich geil findet oder denkt, sie sei uns das schuldig, kann ich wirklich nicht sagen.
»Ich bin dein Freund«, sagt der Mann.
Er schiebt ihr ein Kissen unter den Bauch.
Und anscheinend findet sein Schwanz seinen Weg.
Die Frau stöhnt.
»Siehst du auch zu?«
»Natürlich.«
»Fass meinen Schwanz an und steck ihn ihr rein.«
Ich nähere mich dem Bett.
Fasse seinen Schwanz an. Der Schwanz ist nicht hart genug.
»Er ist nicht hart genug.«
»Du blöde Fotze, dann mach ihn hart genug.«
Ich wichse ihn und mache ihn hart genug und sorge dafür, dass er in sie eindringen kann. Jedenfalls seine Eichel steckt jetzt drin. Die Frau stöhnt, aber jetzt auf jeden Fall, weil es ihr wehtut.
Ich soll Creme besorgen, es gibt keine Creme, ich gehe ins Bad und drücke mir aus dem Spender Duschgel in die Hand.
Im Bad sehe ich in den Spiegel.
Als ich wieder draußen bin, höre ich, wie sie sagt:
»Oh ja, fick mich.«
Ich betrachte meine Hand.
»Fick mich tief.«
»Halt's Maul.«
»Oh, fick mich doch endlich.«
»Wenn du nicht dein Maul hältst, bringe ich dich vorher um.«
Sie ist still. Dann sagt sie:
»Das tut weh.«

»Halt's Maul.«
»Ja, fick mich, tu mir weh.«
Ist das ein Dialog? Er hält ihr brutal den Mund zu und fickt sie. Der Mann sieht über seine Schulter.
»Schaust du auch zu?«
»Natürlich.«
»Fass dich an.«

28

Rike ist heute nicht nur aufgetakelt wie nichts Gutes, sie ist auch noch, was ich sonst wirklich nicht von ihr kenne, blendender Laune.
Was das bei einer Frau wie ihr bedeutet, darüber mache ich mir keine Illusionen, das kann nur mit einem Mann zusammenhängen.
Normalerweise gibt sie sich keine Mühe zu verbergen, dass sie denkt, sie sei zu Höherem berufen (das scheint mir eine menschliche Konstante zu sein); nicht, dass sie auf einen herabblicken würde, sie sieht einen mehr als Leidensgenossen in einer an sich schon schlechten Welt.
Wie es nur sein kann, wenn eine halbkriminelle Jugendliche sich mit einer Besserungshelferin treffen muss. Es gibt so viele Umschreibungen für ihren Job, aber kein richtiges Wort, und eigentlich hat sie, glaube ich, fast gar nichts richtig studiert, jedenfalls hat sie nicht sehr aufschlussreich geantwortet, als ich sie einmal nach ihrer Ausbildung gefragt habe.
Ich habe das Arbeitsamt im Verdacht, die haben einfach irgendjemanden irgendwohin gesteckt, und ich muss nun sehen, wie ich damit klarkomme.

»Wie geht's uns denn heute?«
Allein das dürfte doch einer Frau, die eine Universität besucht hat, niemals durchrutschen.
»Ach, schon viel besser.«
Sie sieht mich verwundert an, auch Menschen, denen jedes Gespür für Ironie abgeht, zeigen sich doch dann und wann irritiert.
»Du meinst, du hast nachgedacht über die Dinge, über die wir das letzte Mal gesprochen haben.«
»Die Dinge, die wir besprochen haben?«
»Ja, die Dinge, über die wir gesprochen haben.«
Ist wohl dasselbe. Dabei habe ich keine Ahnung, worüber wir das letzte Mal gesprochen haben, sie auch nicht, wobei, sie hat ja ihren Block auf dem Schoß, und da wird schon irgendein Scheiß drinstehen.
»Warum du diese Mini geschlagen hast.«
»Nhilmini.«
»Ja.«
Nhilmini habe ich geschlagen, weil sie gesagt hat, dass sich Inder nur mit Inderinnen paaren und dass ich als irgendein orientalischer Bastard aus Ländern, die niemand kennt, niemals eine Chance auf Amrit hätte. Sie hat behauptet, Inder ficken nur in ihrer Kaste. Natürlich muss man jemanden dafür nicht so ins Gesicht schlagen. Aber auf diese Häme wusste ich einfach nicht anders zu reagieren. Die Situation war danach.
»Ja, ich habe nachgedacht. Ich frage mich bloß, ob das gut ist, dass ich mich mit älteren Männern treffe.«
Ich habe nämlich keine Lust über Nhilmini zu sprechen.
»Da haben wir noch gar nicht drüber gesprochen.«
Dann wird es aber Zeit. Sie ist jetzt wirklich vor Ort und hellhörig, weil bei aller fehlenden Ausbildung, so was interessiert einfach jeden.
»Erzähl doch mal der Reihe nach.«

»Da gibt es nicht viel zu erzählen.«
»Du musst ehrlich zu mir sein und mir alles mitteilen, was dich bewegt, sonst hat das überhaupt keinen Sinn.«
»Ich bin doch nur hier, weil ich muss.«
»Ich dachte, über diesen Punkt wären wir lange schon hinaus.«
Falsch gedacht, Mutti.
»Wissen Sie, meistens habe ich das Gefühl, dass Sie gar nicht wissen, wovon ich spreche.«
»Wir wollten uns doch duzen.«
»Ach ja, entschuldige, Reike.«
»Rike. Von welchen Männern hast du denn gerade gesprochen?«
»Ach, Sie wissen doch, wie die sind.«
»Du kannst mir alles erzählen.«
Gleich sagt sie noch, dass ich das auch muss, so sehr leuchten ihre Augen. Das ist das erste, was sie wirklich interessiert, die Sache mit den Männern, da kann ich fünfmal den Supermarkt ausräumen oder einer Mitschülerin ins Gesicht schlagen, mit der Faust, sie hatte es wirklich verdient. Oder die Haare von jemand anzünden, habe ich immerhin versucht, aber auf diese Billigfeuerzeuge vom Flohmarkt, zehn Stück ein Euro, ist einfach kein Verlass.
»Es gibt da einen Typen, der zwingt mich, mit Männern auszugehen.«
Sie zündet sich eine Zigarette an, ob ich auch rauchen darf, ja, sie findet das nicht gut, aber hier handelt es sich um eine Ausnahmesituation, also zünde ich mir eine an und puste den Rauch ganz professionell der Vernehmerin ins Gesicht. Eine gute Vernehmerin ist eine Frau, die erfährt, was sie eigentlich gar nicht wissen wollte, so stelle ich mir das vor.
»Also, dieser Mann, er liebt mich gar nicht selbst.«
»Er liebt dich nicht selbst?«
»Nein, ich weiß auch nicht warum.«
Ein Falter hat sich in unsere nachmittägliche Zweierrunde verirrt,

vielleicht ist diese Motte ihr Wappentier, ich bilde mir ein, dass sie schon mal von diesen grauen Insekten umschwirrt wurde. Sie bringt sie mit, sie wohnen in ihrer Tasche und irgendwo am Körper.

»Wir gehen was trinken, und die Männer erzählen mir was, aus ihrem Leben oder so. Ich meine, die fordern mich immerhin nicht zum Klauen auf.«

»Und du hast dich schon öfter mit solchen Männern getroffen?«

»Nein, eigentlich nicht.«

»Was heißt das?«

»Noch nicht so oft.«

»Ich glaube, du solltest mir sagen, wer das ist, und mir seine Telefonnummer geben.«

»Ich glaube nicht, ich bin immer so leichtfertig mit Telefonnummern. Das ist vielleicht auch nicht ganz legal.«

»Mit solchen Dingen ist nicht zu spaßen, Männer können echt böse sein.«

Ich frage mich, ob ihre Äußerungen sich eigentlich noch an der Grenze des Schwachsinns bewegen oder ob sie mit einem Gesundheitsschuh schon über diese Grenze tritt. Sie ruckelt ganz unruhig hin und her auf ihrem Stühlchen, und ich glaube nicht, dass das nur mit der Erregung aufgrund meiner rätselhaften Aussagen zu tun hat.

»Echt?«

»Ja, wirklich.«

»Ich dachte, die wollen nur reden, und vielleicht ein bisschen, Sie wissen schon.«

Sie setzt sich ganz gerade hin, und schlägt einen anderen Ton an, geschäftsmäßig.

»Hast du mal wieder den Wunsch gehabt, irgendwas zu klauen oder jemanden zu schlagen? Du erzählst eine Geschichte von irgendwelchen Männern, die es nicht gibt, nicht um mich abzulenken, das sage ich gar nicht, sondern um dich selbst abzulenken. Du musst einfach versuchen, dich selbst zu verstehen.«

Da sage ich einfach mal: »Nein.«

Sie macht einen Haken auf ihrem Block.

»Nein. Was heißt das?«

Diese Frage stellt sie mir oft.

»Ich habe diesen Wunsch nicht gehabt, und ich glaube, dass es diese Männer gibt.«

»Gut. Aber hast du mit diesen Männern irgendwas gemacht?«

»Nein, bloß gesprochen. Ich dachte nur, Sie sollten das wissen.«

»Also, du hast mit diesen Männern nur gesprochen?«

»Ja. Mehr oder weniger.«

»Was heißt mehr oder weniger?«

»So viel reden wollte der gar nicht. Ich sollte mit ihm ausgehen.«

»Wo seid ihr hingegangen?«

»Auf so eine Computermesse, zu einem Empfang.«

»Das wird immer wirrer.«

»Genau, das Gefühl habe ich auch.«

Ich verstecke mein Gesicht hinter meinen Händen und denke an all das viele Geld, das noch fehlt, und das ich noch verdienen kann.

»Aber du hast nicht mit ihm geschlafen oder so.«

»Und wenn, ich bin fast volljährig, und sexualmündig, das haben Sie selbst mal so ausgedrückt.«

»Ja, das stimmt. Also, hast du oder hast du nicht?«

»Was würde das für einen Unterschied machen?«

»Das weiß ich noch nicht. Aber das würde für deine Entwicklung einen großen Unterschied machen.«

»Wir haben bloß Afri Cola getrunken, aber ich hatte Angst, dass so was geschieht.«

»In was für Kreisen verkehrst du?«

»Nicht mal Alkohol durfte ich trinken.«

»Und willst du dich wieder mit ihm treffen?«

»Nein, ich glaube nicht. Nicht mit genau demselben.«
Das Problem ist bloß, wenn sie was Blödes auf ihren Zettel schreibt, muss ich noch ein paar tausend Stunden gemeinnützige Arbeit leisten, aber nicht von der Art, für die man Hunderte von Euros bekommt.
»Ich sehe schon, du bist heute nicht sehr kooperativ.«
Ich muss jetzt wirklich weinen, weil ich nicht kooperativ bin und an Amrit denken muss und den ganzen Scheiß, ich bin nah am Wasser gebaut, mit den Nerven runter, und ich kann eigentlich immer sofort losheulen, wenn ich mich in was reinsteigere, dazu braucht es bloß drei Sekunden.
Rike: »Du musst mit mir sprechen.«
Ich höre gar nicht mehr auf.
»Lass dich ruhig gehen, dann wird alles gut.«
Als sie das sagt, schaut sie auf ihre Uhr. Vielleicht hat sie eine Verabredung.
Ich beende meinen emotionalen Ausbruch. Und versuche, nicht mehr so sehr von mir ergriffen zu sein.
»Sei nicht zu naiv. Weißt du, da geht es nicht immer nur um reden, wenn man sich mit Männern trifft.«
»Sie meinen, mit mir könnte man nicht einfach mal ein paar Minuten verbringen, um mit mir zu reden? Da muss dann immer gleich was anderes dahinterstecken?«
»So meine ich das nicht. Aber es gibt Dinge, die sollte eine Frau nicht akzeptieren.«
»Was denn?«
»Dass man den Auftrag hat, sich mit Männern zu treffen. Das ist fast schon.«
Ich soll es wohl aussprechen.
»Sie meinen Prostitution.«
»Ja, das meine ich.«
»Aber Prostitution ist nicht illegal.«

»Du willst doch keine Prostituierte werden. Ich meine, das kann ich nicht zulassen, wir müssen aus dieser Sackgasse raus, was ist das für eine komische Geschichte?«

»Ich kann dazu heute nicht mehr sagen.«

Eigentlich wollte ich Tierpflegerin werden. Was ja ungefähr dasselbe ist. Die meisten Mädchen in meiner Klasse wollen Popstar oder Pornostar werden, manche sehen die Dinge auch realistisch und wollen Floristin oder Maskenbildnerin werden.

»Du darfst das nicht machen, sonst muss ich auch mit deinen Eltern sprechen. Das würde alles konterkarieren, was wir bisher erreicht haben.«

An der Stelle hätte ich zwei Fragen, erstens, was heißt konterkarieren, und einfacher, was haben wir bisher erreicht, aber ich schluchze stattdessen schon wieder los, denn genau danach ist mir zumute. Ich glaube, sie hat überhaupt keine Ausbildung, höchstens als Erdnussverkäuferin oder so. Das kann nicht wahr sein, dass sie mir jetzt droht, meine Eltern umzubringen oder anzurufen.

»Versprich mir, dass du keinen Blödsinn machst. Weiterhin. Nichts Illegales.«

Sie will jetzt wirklich weg, dabei macht sie sonst immer Dienst nach Vorschrift, das heißt wir sitzen uns endlos gegenüber und öden uns an.

Da kleben Tränen an meinen getunten Wimpern, sieht bestimmt ganz schick aus, denke ich mir, sehen kann ich das ja leider nicht.

»Ich verspreche es Ihnen.«

»Wir wollten uns doch duzen. Ansonsten glaube ich, du entwickelst dich ganz gut.«

29

Mutter ist zurück, dafür ist Vater verschwunden. Mutter rückt erst damit raus, nachdem ich fünfmal gefragt habe.
Was ist passiert? Er hat sich ein paar Rippen gebrochen. Bei der Lagerarbeit. Wer's glaubt, wird selig, ich werde nicht selig. Bei meiner Mutter bin ich mir nicht sicher. Sie schaut mich nicht an. Sie hat das schlechte Gewissen einer Katze, die einen Milchtopf umgeworfen hat. Wahrscheinlich haben Katzen kein schlechtes Gewissen, genauso wenig wie meine Mutter.
Angeblich ist es bei der Arbeit passiert. Eine Palette mit Porchetta, das ist eine italienische Schweinespezialität, ist auf ihn draufgefallen. Wieso haben diese Hardcoremuslime in ihrem Lagerhaus ausgerechnet eine italienische Schweinespezialität gelagert? Allahs Wege sind vielfältig, die Ausrede ist so abstrus, dass sie auch wahr sein könnte.
Trotzdem. Das können sie meiner toten Großmutter erzählen. Er wurde zusammengeschlagen. Das liegt auf der Hand. Nicht, dass es mich überrascht. Ich werde Mirko umbringen, das liegt auch auf der Hand. Ich bin bloß so wütend, dass ich noch nicht weiß wie, weil ich keinen klaren Gedanken fassen kann. Vater hat innere Verletzungen, was immer das heißt.
Ich suche die Karte, die Mirko mir gegeben hat. Ich werde ihn auf jeden Fall umbringen, aber ich muss erst einen klaren Kopf bekommen, beim Tod, da kommt es auf eine halbe Stunde nicht an.
Mutter weint und sagt, dass sie nicht weiß, ob er noch mal so wird wie vorher. Abschied vom Plan, die Welt allumfassend zu erkennen. Abschied vom Plan, jemand zu werden. Über den Hass.
Ich laufe los.

30

»Ich bringe das Schwein um«, ist das Erste, was ich sage, nachdem wir uns lange angeschaut haben.
Die beiden Zimmergenossen, deutsche Rentner, gucken ganz interessiert.
Vater sagt, jetzt wüsste er, wie Jesus sich gefühlt hat.
»Weil ein Regal mit Schweinewurst auf dich draufgefallen ist?«
Er sagt, er hätte zu viel getrunken.
»Das hast du noch nie zugegeben.«
»Dann gebe ich es eben jetzt zu. Falls du mit Schwein diesen Mirko meinst, der war das nicht.«
»Ich bringe ihn um.«
Vater lächelt. Er sieht beschissen aus. Da gibt es irgendwelche Blutergüsse in ihm drin. Er hat riesige, blau unterlaufene Augenringe und ist ansonsten totenblass und trotzdem irgendwie gelbstichig.
»Das wird schon wieder.«
Er hängt an einem Tropf.
»Bloß Meerwasser.«
Ich soll ihm was zu trinken reinschmuggeln. Eine Flasche Whisky.
Viel mehr sagt Papa nicht mehr, reden fällt ihm schwer.

31

***

(über den Hass) Man muss seine Feinde nicht nur schädigen, sondern vernichten, wenn das nicht möglich ist, wird es sehr schwierig. Meistens ist es so, und es wird sehr schwierig.
Der Hass selbst nimmt solche Ausmaße an, dass allein die völlige

Vernichtung des Feindes überhaupt Befriedigung (das heißt, ein Leben in Frieden) verspricht.
Alles andere ist nur vergleichbar der Abwehr einer Ratte, die einem die Zehen anfressen will, und man tritt nach ihr, schon im Wissen, dass man sie so nicht töten kann, sondern sie nur für eine kurze Weile los wird. Damit ist einem nicht geholfen.
Und so muss man auf völlige Vernichtung der Ratte drängen oder auf ihre Abwanderung in einen anderen Lebensraum, der hier notwendigerweise mit dem Tod gleichgesetzt werden muss.
Dazu bedarf es der Auslöschung des Lebens der Ratte. Alles andere kommt nur einem Aufschub gleich (und eigentlich gibt es nichts Schlimmeres als das). Man sollte daher nicht einmal den Fuß heben, um nach ihr zu treten, sondern abwarten, bis die Zeit reif ist, der Ratte ein für allemal den Garaus zu machen.
Die Kunst besteht darin, diesen Zeitpunkt zu erkennen und zu nutzen.
Was ich sagen will: Ich werde jede Chance nutzen, ihn zu töten, und ich werde nicht jede Chance nutzen, ihm zu schaden, auch wenn die Verlockung groß ist.

32

Es geht anders weiter, als ich mir das vorgestellt habe. Wir haben eine Marktlücke entdeckt und meine Sedcard aktualisiert: Schülerin schaut zu und leistet Hilfestellung. Möchte sich noch ein paar Tricks abschauen.
Ich trommle mit den Fingern auf der Tischplatte und flüstere »Scheiße, Scheiße, Scheiße« vor mich hin.
Gerade hat jemand die Sonne hinter den Horizont gezogen, da taucht er auch schon auf.

Ich habe die Augen halb geschlossen.
Der Mann begrüßt mich mit einem angedeuteten Kuss auf beide Wangen. Er riecht nach nichts. Er sieht nach nichts aus. Er sagt auch erst mal nichts. Dann sagt er:
»Du bist das also.«
Ich fühle mich verwegen, ich bestelle eine Cola light mit Bacardi.
Er sagt: »Das ist gut. Cola light ist viel besser. Sie wird in Spezialfabriken hergestellt, in denen nur hochsterile taubstumme Chinesen arbeiten.«
Mir ist, als hätte ich so was schon mal gehört. Ich sage: »Ich trinke sie, weil sie angeblich keinen Zucker enthält.«
»Da ist was dran. Zucker macht träge. Und süß genug bist du ja.«
Da sage ich am besten danke und versuche nicht ironisch zu schauen.
Er bestellt sich einen doppelten Scotch und dazu ein Bier.
Ich finde das etwas barbarisch und übertrieben, aber niemand fragt mich nach meiner Meinung.
»Man riecht den Alkohol nicht so, wenn man durcheinander trinkt.«
Es scheint ein Mann von durchaus fragwürdigen Theorien zu sein.
Er greift nach meiner Hand und führt sie an seine Lippen. Seine Rolex ist eiskalt und hässlich.
»Schöne Uhr.«
»Willst du sie haben?«
Kommt drauf an, was ich dafür tun muss.
»Ja.«
»Ich glaube nicht. Das Armband ist dir zu weit.«
Es handelt sich um ein Gliederarmband mit einer Art Schnappverschluss.
»Ich wette, das kann man enger machen.«
»Ja, das ist so was, das man enger machen kann.«
Ich trinke von meinem Cola-Rum und lächele blöd.

Er sagt:
»Diese Uhr funktioniert selbst noch im Mariannengraben, sie ist von den weltbesten Designern entworfen worden.«
»Sie ist hübsch.«
»Sie heißt Oyster.«
Als wenn ich das nicht gewusst hätte, Mamut hat so eine, natürlich vom Markt, made in China. Eine Taucheruhr, wobei, mit Mamuts Exemplar würde ich mir nicht mal die Hände waschen.
»Ich weiß.«
»Magst du Austern?«
Ich habe noch nie welche gegessen.
»Ich glaube nicht.«
»Was heißt, du glaubst nicht.«
»Es würde mir widerstreben, ein Lebewesen zu essen, das noch lebt.«
»Das ist eine ethisch hochstehende Bemerkung.«
»Ja, so bin ich.«
»Dahinten sitzt Otto Sander.«
Er zeigt auf einen alten blonden Mann.
Ich weiß nicht, wer das ist.
»Ja, hab ich schon gesehen.«
»Ganz schön dürrer Sack.«
»Er ist nicht mehr der Jüngste.«
»Da sagst du was.«
Er zermatscht eine Scheibe Weißbrot, als sei er sehr nervös.
»Diese Kunst ist ohne Alkohol gar nicht vorstellbar. Die Schauspielerei, meine ich. Weißt du was, ich schenke dir meine Uhr.«
»Bist du Schauspieler?«
»Ich möchte, dass du mich siezt.«
»Sind Sie Schauspieler?«
»Nein, dafür habe ich leider keine Zeit. Das erlaubt mein Beruf nicht.«

Er lächelt etwas gekränkt, als hätte ich seinen wunden Punkt getroffen.
»Wenn sie dir passt, kannst du sie haben.«
Er hat sich die Uhr vom Handgelenk gelöst und hält sie mir hin.
»Dann ist sie bestimmt aus China und kostet fünfzig Euro.«
»Hundertzwanzig.«
»Dann haben Sie zu viel bezahlt. Meine Freunde bekommen so was billiger.«
»Ich sehe schon, ich habe es mit einer süßen Klugscheißerin zu tun. Die Uhr ist echt. Aber sie passt dir nicht.«
Er grinst anzüglich, als hätte ihn allein schon das Aussprechen dieses unfeinen Wortes ein bisschen erregt.
»Weißt du, was ein Panoptikum ist?«
»Irgendwas zum Anschauen?«
Wir essen mit Sepia gefärbten Lachs, dazu gebleichte Karotten, die sind wirklich fast weiß und irgendetwas Undefinierbares aus Kartoffeln, ich würde das Kartoffelpüree nennen, aber ich habe nicht in die Speisekarte geschaut, denn der Meister wollte es sich nicht nehmen lassen, für seine Schülerin auszuwählen. Dazu trinken wir einen 2005er Migrante aus der Gegend von Rom. Eine herrliche Gegend, wie ich erfahren darf. Ich nicke anmutig. Für mich schmeckt das wie Villa Dolluca, aber egal.
Er fragt mich nicht, ob ich ein Dessert will, sondern schickt den Kellner wieder weg. Auch einen Espresso gibt es nicht.
Plötzlich scheint er es eilig zu haben.
Ich habe immer noch Hunger, von schwarzem Lachs, der einem nicht schmeckt, wird man auch nicht satt.
»Hörst du gerne Musik?«
Wir sind im Hotelzimmer angekommen.
Es ist luxuriöser, als ich ihm zugetraut hätte, und er genießt sichtlich die überraschten Blicke einer Schülerin, die sich von ein paar

gemachten Betten, einem flauschigen makellosen Teppich und einem Marmorbad beeindrucken lässt.
Den Gefallen kann ich ihm tun, das ist mein Job.
Ich soll es mir auf dem Sofa bequem machen.
Er zeigt mir stolz seine Erektion.
»Und das, ohne dass ich mich angefasst habe.«
Ich bin beeindruckt.

Spezial Service - gegen Aufpreis:
Französisch pur - Französisch total - Anal - Spanisch - Körperbesamung - Gesichtsbesamung - Schlucken - Duett - Lesbenduett - Bi-veranlagt - Natursekt aktiv - Natursekt passiv - Verbalerotik - Rollenspiele - Fußerotik - Domina - Sklavia - Dehnspiele beim Herrn - Herrenüberschuss - Gang Bang Party

33

Die Tagesdecke des Hotels ist kanariengelb. Sie liegt auf dem Rücken, ihre solariengebräunten, durchtrainierten Beine sind gespreizt, und er kniet dazwischen, leckt sie, während er sich einen runterholt, und seit er angefangen hat, sie zu lecken, ist sie dem äußeren Anschein nach schon zweimal gekommen. Ihre Muschi ist heiß und nass. Das weiß ich, weil ich sie weit offen halte, und meinen Kopf auf den muskulösen Bauch gelegt habe, weil ich genau dafür bezahlt werde.
»Mach's mir«, sagt sie und fasst mich hart im Genick.
»Mein Schatz«, sagt er.
Sie schiebt eine Hand unter meinem Kopf durch, steckt sich selbst zwei Finger rein, während er trotzdem versucht, mit seiner Zunge in sie einzudringen.

Sie zieht ihre Finger wieder raus und greift meinen Kopf mit beiden Händen und steckt mir ihre nassen Finger in den Mund.
»Willst du die kleine Schlampe ficken?«, fragt sie.
Er hat sich zwischen ihre Beine gekniet.
»Ja, das will ich.«
»Aber du darfst nur mich ficken, immer nur mich!«
Er stöhnt auf und drückt seine Eichel zwischen ihre Schamlippen.
Die Frau hält meinen Kopf fest in ihrem Griff.
»Saug, du kleine Fotze«, sagt sie und bewegt die Hüfte, so dass sein Schwanz in sie eindringt, und sie fickt meinen Mund mit ihren Fingern.
»Und sieh hin.«
Ich sehe hin und sehe, wie er seinen Schwanz in sie hineinstößt.
»Reib meine Klitoris!«
Ich weiß ungefähr, was sie meint, und also reibe ich ihre Klitoris.
Sie stöhnt auf.
»Geh von mir runter, du Wichser.«
Der Mann gehorcht, und plötzlich wird mir klar, dass es sich nicht um eine Nutte handelt, sondern dass die beiden ein Paar sind.
Er kniet vor uns und sein Penis ragt vor uns in die Luft, und es sieht aus, als täte er ihm weh.
»Du darfst ihn nicht anfassen«, sagt sie, und es ist mir nicht ganz klar, ob sie mich oder ihn meint.
»Komm her.«
Er kniet rechts von ihr, und sie nimmt seinen Schwanz in den Mund, so tief, dass sie würgen muss. Was sie nicht davon abhält, das einige Male zu wiederholen.
Als sie wieder sprechen kann, sagt sie:
»Leck meine Muschi.«
Ich schaue sie entgeistert an, denn davon war nicht die Rede.
»Schatz, nein«, sagt er, »das darf sie nicht.«

»Sie soll meine Muschi lecken. In welchem Dönerladen hast du die Fotze aufgetrieben?«
Ich stehe auf.
»Zweihundert«, sagt der Mann. »Zusätzlich.«

34

Meine Mutter glaubt freie Bahn zu haben, weil ich behaupte, bei einer Freundin zu schlafen, um Zeit zu haben, meiner geregelten Arbeit nachzugehen (die Plagen sind bei meiner Tante).
Hat sie aber nicht. Denn mit vierhundert verdienten Euros in der Tasche bin ich schon um halb zwölf zu Hause, damit war nicht unbedingt zu rechnen.
Als ich die Tür aufschließe und ins Wohnzimmer gehe, sitzt da extrem schauspielerisch entspannt, geradezu anzüglich, ein junger Mann, der mir extrem bekannt vorkommt.
»Du hast mich gar nicht angerufen«, sage ich.
Er antwortet nicht. Wahrscheinlich hat er stattdessen mit Rike telefoniert.
Mutter ist im Bad und weiß nicht, was sie machen soll. Sie hat sicher gehört, dass ich da bin. Vielleicht hat sie sich gerade das (böse fremde) Sperma aus der Scheide gespült, keine Ahnung.
Dann kommt sie doch raus, da bin ich in der Küche und toaste mir zwei Scheiben Brot.
Das ist Marco, der Elektriker, könnte sie sagen. Das wäre tatsächlich notwendig, denn die Sicherungen fliegen raus, sobald man mehr als einen Handyadapter einstöpselt.
»Ich habe Besuch«, sagt sie stattdessen frech.
»Schon klar, wir kennen uns.«
Sie frottiert sich die Haare. Sie will gar nicht wissen, wieso wir uns

kennen. Der Elektriker sagt lieber nichts und greift nach einer Frauenzeitschrift.
Ich verschwinde in mein Zimmer und drehe meinen Ghettoblaster bis zum Anschlag auf. Dabei lausche ich an der Tür.
Der Typ verlässt unsere Wohnung.

Ich soll nicht so dumm aus der Wäsche schauen, sagt meine Mutter.
»Hast du noch nie einen Mann gesehen?«
Ich frage mich, ob sie nicht mal nach ihrem Geld geschaut hat, oder ob sie Papa im Verdacht hat und gar nicht auf die Idee kommt, dass ich es gewesen sein könnte.
Sie lackiert sich die Nägel. Sie sieht gut aus. Entspannt, mit sich zufrieden. *Eins mit sich selbst.* So wie eine Frau sein soll, wenn man dem Titel der Cosmopolitan glauben darf, die aufgeschlagen auf dem Glastisch liegt. Frisch gef., würde ich sagen.
»Wie geht's Papa«, frage ich, weil es mich wirklich interessiert.
»Wir müssen mal miteinander reden.«

35

(Man hätte das alles viel besser machen können, aber ich nicht.)
Wir sitzen bei einem Nobeltürken im Westen und essen Fleischspieße. Das zumindest gefällt mir ganz gut. Er trägt ein arabisches Gewand. Er wirkt bei allem, was er tut, extrem umständlich. Er erkundigt sich über meine Herkunft.
»Libanesin?«
Er runzelt die Stirn. Er behauptet dreißig zu sein, aber er bewegt sich wie ein alter Mann.
Ich zucke mit den Schultern. Es fehlt noch so viel Geld.

Wir trinken Mokka.
»Aber du bist sicher, dass du keine Jüdin bist?«
»Ja, da bin ich sicher.«
»Aber wenn es so wäre, würdest du es mir nicht sagen.«
»Doch.«
»Warum?«
»Weil für Geschäfte wie diese Ehrlichkeit wichtig ist.«
»Du hältst das für ein Geschäft?«
»Ja.«
»Deine Antworten gefallen mir.«
Ich nicke, hätte gerne noch einen Teller mit Fleischspießen gegessen, aber das ist so ein Laden, wo die Portionen klein sind, weil man das für vornehm hält, und natürlich kann ich nicht einfach noch was bestellen.
»Und du bist Muslimin?«
Ich zucke mit den Schultern.
»Gut.«
Wir nehmen ein Taxi und es scheint mir, als würden wir ans Ende der Welt fahren: Marzahn.
Aber auch da steht ein Luxushotel.
»Das ist eine schöne Gegend, hier stehen schöne neue Häuser«, sagt mein Freier.
Ich nicke. Ob er wohl die Plattenbauten meint?
Weil wir so lange nichts geredet haben und mir nichts einfällt, frage ich ihn, wo er herkommt.
Das gefällt ihm überhaupt nicht, und er gibt mir keine Antwort.
Wir steigen aus dem Taxi.
»Von weit weg.«
Die Agentur weiß, wo ich bin, aber was nützt einem das, wenn man tot ist.
An der Rezeption ist niemand mehr, oder jedenfalls gerade nicht, und wir betreten einen verblüffend engen Fahrstuhl.

Die erhältlichen Gerichte sind auf einer Speisekarte an der Aufzugwand angebracht, und ich lese. Alles sündhaft teuer. Für ein Abendessen ist es zu spät, und ich hoffe, nie hier frühstücken zu müssen.
Der Araber greift urplötzlich mit seiner Hand zwischen meine Beine und ich erstarre.
»Bist du wirklich Jungfrau?«
Das habe ich nie behauptet.
»Ja.«
Er gibt sich mit dieser Antwort zufrieden, nimmt seine Hand wieder weg, und dann sind wir in der achten Etage angekommen.
Wir gehen enge Gänge entlang auf der Suche nach seinem Zimmer und verlaufen uns zweimal, weil es keine Schilder gibt oder wir sie beim ersten Mal nicht sehen.
Endlich angekommen, zieht er seine Karte durch den Schlitz, und wir sind da. Ich wage nicht, ihn nach Alkohol zu fragen und suche mit meinen Blicken das Telefon. Es gibt aber nur Kabel, die unterm Bett verschwinden.
»Erzähl mir, wie du groß geworden bist.«
Ich sitze auf einem Hocker, und der Mann hat sich aufrecht ins Bett gesetzt und die Beine untergeschlagen.
Mir fällt überhaupt nichts ein, mein Mund ist trocken.
»Erst war ich klein, dann bin ich groß geworden.«
»Hast du Geschwister?«
»Ja, einen Bruder und eine Schwester.«
»Und ist deine Schwester auch eine Hure?«
»Ich bin keine Hure.«
»Aber ist deine Schwester auch eine Hure?«
»Nein. Sie ist erst elf.«
Der Mann hat eine Hand unter seinen Umhang geschoben.
»Und dein Bruder. Hat er sich dir genähert?«
Ich möchte ihn als Schwein beschimpfen, aber der Mann hat, als er

sich aufs Bett legte, meine Handtasche zu sich gezogen, also habe ich nicht mal mein Handy in der Nähe, auch wenn ich glaube, dass ich nicht schnell genug wäre, es einzusetzen.
»Sie haben eine völlig falsche Vorstellung«, sage ich.
»Dein Vater, hat er dich gefickt?«
»Nein.«
»Was du machst, ist nicht gottgefällig.«
»Was Sie tun, ist auch nicht gottgefällig.«
»Das kommt darauf an.«
Er legt einen Gürtel ab, den er komischerweise unter dem Gewand getragen hat, und ein kleiner Dolch kommt zum Vorschein. Er legt ihn auf den Nachttisch.
»Aber warum tust du dann so was?«
Die Scheide des Dolchs ist mit Edelsteinen besetzt.
»Ich möchte bloß etwas über dich wissen«, sagt er.
Mir ist kotzübel, und ich kann mich nicht bewegen. Seine Augen sind stahlgrau. Er schaut auf seinen Dolch.
»Das ist nur Tradition.«
Ich versuche ein Lächeln.
»Kaninchen töte ich mit einem Schlag in den Nacken. Da brauche ich keinen Stahl. Ich will nur, dass du ehrlich zu mir bist. Wenn die Menschen nicht ehrlich zueinander sind, dann herrscht Mord und Totschlag und alles ist erlaubt.«
»Was wollen Sie wissen?«
»Warum du das tust.«
Seine Hand ist unterdessen wieder unter seinem Umhang verschwunden, und ich bin sicher, dass er sein Glied massiert, aber ich sehe nicht hin.
»Ich tue nichts«, sage ich.
»Du tust also nichts.«
»Ich werde hauptsächlich fürs Zuschauen bezahlt.«
»Und warum schaust du zu? Weil es dir Spaß macht?«

»Nein, verdammte Scheiße, es macht mir überhaupt keinen Spaß, aber ich brauche das Geld.«
»Du brauchst das Geld? Für Kleider?«
»Nein. Mein Vater hat Schulden gemacht, sie haben ihn schon halb tot geschlagen.«
»Du tust es für die Familie?«
»Ja.«
Er bewegt seine Hand heftiger.
»Ja, nur für sie.«
»Komm her.«
Ich komme näher.
»Wie viel Geld brauchst du denn?«
»Noch sechstausend Euro.«
Er streichelt meinen Kopf, meine Haare, meine Hüfte, es wirkt irgendwie keusch und deshalb besonders pervers. »Wenn es für die Familie ist, helfe ich dir. Soviel Geld habe ich nicht hier. Ich schreibe dir einen Scheck.«
Ich nicke.
»Ich wollte bloß wissen, dass ich es mit einem Menschen zu tun habe und nicht mit einer Puppe«, sagt er.

Er nimmt eine riesige Brieftasche aus der Schublade des Nachttisches und sucht einen Stapel Schecks heraus. Und stellt mit dem Kugelschreiber des Hotels einen Scheck über sechstausend Euro aus. Er hält mir den Scheck vor die Nase. Ich lese die Summe und kann es kaum glauben, dass ich plötzlich aus allem raus sein soll.
»Die Familie ist heilig«, sagt er. »Du bist ein gutes Mädchen, da du sogar bereit bist, deine Ehre für die Familie zu opfern.«
Er erwartet wahrscheinlich, dass ich etwas Sinnvolles sage, aber damit kann ich gerade nicht dienen.
»Ich würde nie meine Frau betrügen«, sagt er.
Ich nicke.

»Ich möchte bloß wissen, wie das ist, in einem Land, wo ich Geschäfte machen will. Ich will einfach wissen, woran ich bin.«
Er legt den Scheck in meine Hand.
»Ich möchte mein Geld nicht in einem fremden Land verschwenden. Ich baue Gefängnisse, kennst du Hohenschönhausen?«
Ich schüttele den Kopf.
»Das ist direkt hier um die Ecke. Ein gutes Gefängnis.«
Ich nehme den Scheck, er ist aus starkem Papier, und es fühlt sich an, als würde ich meine Freiheit in den Händen halten.
»Leg dich aufs Bett und zeig mir deine Brüste.«

Dann holt er sich auf mir einen runter, seine (spitzen weißen) Knie schmerzhaft auf meinen Oberarmen, sein Arsch bewegt sich auf meinem Magen und meinem Bauch auf und ab, mit seiner freien Hand quetscht er an meinen Brüsten herum, und nach tausend endlosen Minuten spritzt er in mein Gesicht.
Er gibt mir zehn Euro für das Taxi und empfiehlt mich der Gnade Gottes.

36

Noch in dieser Nacht fragt mich meine Mutter, ob ich glaube, alles richtig zu machen. Das Taxi hat siebenundzwanzig Euro gekostet, und ich durfte mir vom Fahrer anzügliche Sprüche anhören.
Ich weiß nicht, was sie will, und frage mich, ob sie glaubt, alles richtig zu machen. Hat sie endlich in ihre Sandelholzkiste geschaut, ich wünsche es mir fast. Andererseits greife ich ständig nach dem Papier des Schecks, meinen und Vaters Freifahrtschein, alles andere ist mir erst mal scheißegal.
Aber es ist alles viel einfacher. Sie hat einen Brief von der Schule

erhalten. Eigentlich war ich eine der Hoffnungsträgerinnen der Klassenstufe (vielleicht bekommt sie sogar einen vom Amt bezahlten Ausbildungsplatz und wird nicht sofort in Harz IV abrutschen oder heiraten oder beides), aber seit Neuestem fehle ich ständig unentschuldigt und meine Leistungen lassen zu wünschen übrig.

Ich winke ab, sehe mich nicht in der Lage, dazu was zu sagen.

»Wo treibst du dich denn rum?«, fragt meine Mutter.

»Wie läuft's bei der Arbeit?«, frage ich meine Mutter.

Sie holt aus, aber scheuert mir keine, das hat sie auch noch nie gemacht.

Ich bin einfach etwas übermütig, weil egal wie es hier weitergeht, das bekomme ich auch noch in den Griff, die schlimmsten Probleme sind jedenfalls gelöst.

Und ich komme nach Hause und treffe immerhin keine fremden oder schon mal gesehenen Männer an.

»Du glaubst wohl, du kannst uns auf der Nase rumtanzen?«

Ich gehe einfach in mein Zimmer, schließe die Tür hinter mir zu und setze mir Kopfhörer auf, und Mutter akzeptiert das, zumindest folgt sie mir nicht.

37

Ich muss mal wieder zur Schule. Zumindest verlasse ich das Haus.

Auf dem Weg nach unten treffe ich Mamut.

»Hey, Schwester.«

»Hallo Mechmeth.«

»Ich konnte das Schwein noch nicht erlegen.«

Ich brauche einen Moment, um zu schalten.

»Du sollst dich um Wichtigeres kümmern.«

»Ja, meine Schwestern gehen mir auch nur noch auf den Sack.«
Ich denke, er könnte mir nützlich sein.
»Kennst du dich mit Schecks aus?«
»Ja klar, Schwester.«
»Wie geht das also?«
Er hält kurz inne und wiegt dann wissend seinen Kopf.
»Na, du bringst ihn zur Bank. Hast du einen Scheck?«
»Ja.«
»Zeig mal.«
Ich zeige ihm meinen Scheck.
»Das ist ne Menge Geld, Mann.«
Ja, das finde ich auch.
»Wo willst du den einlösen?«
»Bei meiner Bank.«
»Citibank?«
»Ja.«
»Gut. Gibt's nicht mehr, die heißt jetzt anders. Aber vielleicht, wenn mein Cousin den einlöst, bekommt er mehr dafür.«
»Wieso das?«
»Keine Ahnung. Steuern sparn oder so. Lass ihn mal bei mir.«
»Du spinnst wohl.«
Aber Mamut hat den Scheck und rennt damit die Treppen hoch.
Wie blöd kann man sein.
»Bleib stehen, du Arschloch.«
»Hey, du bekommst eine höhere Provision oder so.«
»Ich brauche keine Provision, das ist mein Geld!«
»Ich will nur dein Bestes.«
Wir sind ganz oben angelangt. Als er gerade auf die Dachterrasse rausklettert, erwische ich ihn am Unterschenkel.
»Mann, du machst einen Fehler.«
Ich knie mittlerweile auf seinem Brustkorb, aber da kann ich mich nicht halten, er bäumt sich auf und wirft mich zur Seite.

»Du Drecksack, ich bringe dich um, gib mir den Scheck!«
»Woher hast du so einen Scheck?«
Er hält ihn mir am ausgestreckten Arm entgegen und deutet an, dass er ihn gleich über der Brüstung davonflattern lassen will.
»Den kann jeder einlösen. Lass mich in Ruhe, oder er fliegt davon. Sag mir, wo du das Teil her hast.«
»Das Geld habe ich verdient.«
Mamut grinst hämisch.
»Wie willst du so viel Geld verdienen?«
»Das kannst du dir wohl nicht vorstellen.«
»Nein, du hast recht, keinen Plan. Hast du ihn geklaut?«
»Ich bin Model.«
»Scheiße, deine Familie handelt mit Drogen.«
»Und in dem Business werden Schecks ausgestellt oder was?«
»Nein, eher nicht.«
»Gib her.«
»Du bist echt konkret Model?«
»Ja.«
»Und die geben dir Schecks?«
»Ja.«
»Kann ich mir schon vorstellen.«
»Ich schmeiß dich gleich da runter. Gib das Ding her.«
»Und du meinst nicht, wir kriegen mehr, wenn mein Cousin das zu Geld macht?«
»Auf keinen Fall.«
»Okay Schwester, dann gib mir was ab.«
»Gib das Ding her, oder ich bring dich um.«
»Ich geb's dir, aber du musst ein paar Prozent abdrücken, das ist ganz normal.«
Ich habe Lust ihn zu töten, aber ich sage:
»Ich gebe dir ein Prozent.«
Mamut denkt nach, aber nicht lange.

»Das ist fast nichts, das sind sechzig Euro, willst du mich verarschen.«
»Drei Prozent.«
»Fünfzig.«
»Dann schmeiße ich dich lieber vom Dach.«
»Das schaffst du nicht.«
»Garantiert.«
»Dreißig.«
»Du hast nichts dafür getan, du hast noch nie gearbeitet.«
»Nicht arbeiten ist auch anstrengend.«
»Du meinst, dafür hast du eine Belohnung verdient?«
»Im Moment ja.«
»Fünf Prozent.«
»Als Agent bekommt man fünfzehn.«
»Du bist kein Agent.«
»Ich habe dir angeboten, mich um alles zu kümmern.«
»Du bist eine Ratte.«
»Zehn ist fair.«
Ich bin bereit, ihn zu töten, aber dann liegt er da unten und ich kann meinen Scheck auch vergessen.
»Ich gebe dir acht. Wenn du noch ein Wort sagst, bringe ich dich um.«
»Neun.«
»Ich töte dich jetzt!«
»Acht ist fair, Schwester. Wie viel ist das?«
Er gibt mir den Scheck, während ich ihm versprechen muss, ihm vierhundertachtzig Euro zu geben.
Mamut trollt sich, und ich rieche an meinen Achseln, ich stinke vor Angst und bin froh, dieses scheiß Stück Papier wieder in den Händen zu halten.
Ich ziehe meine Kontoauszüge, ich habe ein Guthaben von mittlerweile zweitausendachthundert Euro, ich weiß warum.

Dann gehe ich zum Schalter, frage mich, ob ich die Asche gleich bekomme oder ob sie erst aufs Konto geht. Egal. Zwei aufgebrezelte Türkinnen sind vor mir und machen das übliche Palaver.
Der junge Halbschwarze ist glücklich, endlich eine junge Frau, er trägt einen Sticker, ich frage ihn sofort:
»Ist das ein Club?«
»HBV. Handel Banken Versicherungen. Eine Gewerkschaft.«
»Ist ja auch egal. Ich muss einen Scheck einlösen.«
Ich gebe dem Mann meinen Scheck und nehme einen dieser angeleinten Kulis in die Hand.
Der junge Mann lächelt mich an, dann blickt er auf den Scheck, lächelt immer noch, sieht mich wieder an. Vielleicht wird das eine schöne Geschichte, denke ich.
»Wo haben Sie das denn her?«
Er spricht wohl nicht richtig Deutsch, aber ich berichtige ihn nicht. Der Scheck, männlich, also den.
»Den habe ich verdient.«
»So was gibt's überhaupt nicht.«
»Was meinen Sie damit?«
»Ich meine, dass das kein Scheck ist, sondern irgendwas.«
»Was meinen Sie mit irgendwas?«
»Na ja, irgendwas anderes halt. Ein Stück Papier.«
Mir ist alles klar, obwohl mir kurz schwarz vor Augen wird.
»Sie meinen, ich bekomme hier kein Geld.«
Hinter mir werden die alten in Schweißwolken gehüllten anatolischen Weiber ungeduldig, die von Sozialhilfe leben, aber wie Millionärsgattinnen behandelt sein wollen.
»Ich meine, der Versuch, diesen Scheck einzulösen, könnte strafbar sein, wenn das nicht so unglaublich schlecht gemacht wäre, dass man nur denken kann, es handelt sich um einen schlechten Scherz. Ihnen ist, wenn Sie das wirklich ernst nehmen, übel mitgespielt worden.«

Weil ich so lange schweige, sagt er noch:
»Wir können sofort die Polizei rufen, wenn Sie das wirklich ... Ich meine, wenn Sie diesen Scheck ernsthaft entgegen genommen haben, ich meine ...«
Ich weiß ungefähr, was er meint, aber ich heule nicht, ich schüttele bloß den Kopf.

38

***

Strahlender Sonnenschein. Papa ist noch immer im Krankenhaus. Aber es geht ihm angeblich besser. Warum er dann noch dableiben muss, kann mir niemand so genau erklären. Er sieht aus wie eine Leiche und pisst Blut.

***

Das wäre ja auch zu schön gewesen, wie dumm kann man eigentlich sein.

***

Ob ich aus der Kartei gelöscht werden wolle. Bloß nicht. Nein, das wollen sie auch nicht. Sie wären ja auch schön blöd. Aber ich solle fortan nicht so dumm sein. Ich sage, ja, ich werde fortan nicht so dumm sein.
»Sie sind eines unserer besten Pferdchen im Stall.«

***

»Wenn Sie das Geschenk in bar überreichen möchten, dann tun Sie dies bitte so diskret und stilvoll wie möglich. Zwar freuen sich die jungen Damen über Ihre Wertschätzung, die Situation als solche ist Ihnen jedoch oft unangenehm. Bitte überreichen Sie das Geschenk daher zu Beginn des Treffens entweder in einem offenen Kuvert oder zusammen mit einer kleinen Aufmerksamkeit wie einem Parfum

oder einer Rose. Damit ist der finanzielle Aspekt aus der Welt, und Sie können sich ganz auf Ihr Rendezvous konzentrieren.«

***

Wochenaufgabe von HP: Kurze Geschichte. Beginn ohne Einleitung, offener Schluss, gestraffte lineare Handlung, Augenblicksfixierungen, Symbolwert von Einzelgegenständen, Alltagssituationen und -sprache, Hervortreten des Erzählers, manchmal Übersteigerung der Realität.

***

Das habe ich noch nie erlebt, dass sich jemand charakterlich oder mental zum Besseren hin entwickelt. Ich glaube, so was kommt einfach (in der beobachteten Natur) nicht vor. Niemals.

***

Ich habe ein Lehrerehepaar kennengelernt, die sich mit (sogenannten) Spielzeugen (große Dildos) fast um den Verstand gebracht haben, und ich musste einen Ranzen anziehen und Strümpfe und einen Minirock, das hatten sie alles dabei. Danach haben sie mir Bilder von ihren Kindern gezeigt und wollten noch mit mir Essen gehen. Nein danke. (Außerdem haben sie versucht, den Preis zu drücken.) 300 €

***

Ich habe einem erstaunlich jungen Mann einen runtergeholt, sein Glied war lang und dünn. Seine Frau oder Freundin, viel älter als er, hat dabei zugesehen und sich geschminkt ... Als der Mann seinen Orgasmus hat, fängt sie sein Sperma mit einem Taschenspiegel auf. Warum auch immer. 200 €

***

Ich habe einen absurden Doppeldildo umgeschnallt. Die beiden liegen wie zwei Kröten aufeinander. Sie ist auch tatsächlich viel größer und voluminöser als er. Sie machen eigentlich gar nichts. Aber ich muss die beiden Gummidinger in ihren Hintern platzieren, was gar nicht so einfach ist. Als dieses absurde Bild in Bewegung

kommt, werden auch die Kröten in üblicher Weise aktiv und auch laut.
Mir war nicht bewusst, dass der Geschlechtsverkehr von erwachsenen, also schon lange auf dieser Erde lebenden Menschen so absurde Formen annehmen kann. 500 €
***
Ich überlege, wo ich eine Schusswaffe herbekomme. Aber da fällt mir nur Mirko ein. Bei der Übergabe könnte ich ihn dann sofort erschießen (wie einen tollwütigen Hund). Habe das Geld fast zusammen.
***
Alles für HP.
***
Auf Borderline untersucht worden, nachdem ich Nhilmini schwer verletzt habe, aber es kam zu keinem Ergebnis, das war einerseits gut für mich, andererseits umso schlimmer, denn wenn es keine Erklärungen gibt, ist es vielleicht ein (unausrottbarer) charakterlicher Defekt.
***
Ich auch, ich auch, wenn ich heute drei vier Stunden schaffe, dann bin ich raus aus dem Spiel.
Dann bleibt mir Mirko erspart.
***
Komisches Wort. Ich habe mich längst abgeschrieben.
»Diebstahl? Ich habe kein Gewissen, bloß eine soziale Neurose.«
(Wer hat da gesprochen? Mein Gewissen.)
***
(über mich oder jemand anderen)
Ich putze mir wie immer ausführlich die Zähne. Zahnseide benutze ich nicht, weil man sich da immer verletzt und diese Mikroverletzungen vielleicht allen möglichen Viren und Bakterien Einlass in meinen Körper gewähren. Ich betrete das Zimmer, und da liegt

sie auf dem Rücken auf dem Bett mit einem Glas Champagner in der Hand und lächelt mir zu. Ich hocke mich auf den Bettrand und denke an all die Dinge, die ich mit all den Mädchen noch nicht getan habe. Ich kann sie fast schon mit Wohlwollen ansehen, wie sie meinen Achtzig-Euro-Champagner trinkt, als sei es irgendein Scheiß. Ich massiere ihre kleine oder mittelgroße kindliche oder jugendliche Brust. Ich denke, dass ihre Muschi heute vielleicht schon gebraucht worden ist. Ich frage sie danach.
Sie starrt mich mit ihrem Ich-komme-aus-einem-fernen-Land-und-werde-nie-älter-als-sechzehn-sein-Blick an. Und dann fasst sie mit einer Hand an ihr Geschlecht und spreizt leicht die Beine.
Ich habe das Gefühl, dass sie das Ganze als irgendeine Art von Experiment betrachtet, und das tue ich auch, und das erregt mich.
Ich sage: »Knie dich hin und reck deinen Hintern nach oben. Stell dir vor, du wartest auf irgendwas.«
Sie sieht mich an, ich glaube, sie versteht Deutsch.
»Alles klar?«
Sie sagt nichts.
»Ich meine, hast du mich verstanden?«
Sie nickt.
Ich spreize ihre Backen und spiele an ihrem Anus herum. Als ich denke, dass es an der Zeit ist, feuchte ich meinen Mittelfinger an und führe ihn einen Zentimeter in ihren Anus ein.
Sie sagt: »Oh.«
Ich sage: »Pscht.«
Sie muss sich entspannen. Das weiß sie auch, und sie entspannt sich und ich gleite weit in sie hinein.
»Das ist nicht gut.«
»Was heißt das?«
»Es fühlt sich schlimm an.«
»Hast du noch nie einen Finger in dir drin gehabt?«
»Doch. Aber ich bin noch nie dafür bezahlt worden.«

Diese Antwort gefällt mir. Ich stecke ihn so weit rein, wie es mir möglich ist. Sie stöhnt.
Ich sage: »Dein Schließmuskel fühlt sich geil an«, weil das stimmt und ich das diffuse Gefühl habe, dass ich ihr ein Kompliment machen sollte.
Ich nehme meinen Finger raus und lasse ihn weiter unten in ihr Geschlecht gleiten. Die kleine Hündin gibt einen Laut von sich, presst sich gegen meine Hand.
Ich habe zwei Lines auf dem Tischchen gezogen. Es handelt sich um Aspirin, das ich zuvor in einem Mörser pulverisiert habe. Sie stürzt sich darauf wie ein ausgehungerter Nasenbär auf einen Ameisenhaufen, ich packe sie fest im Genick. Brav rüsselt sie das Zeug weg.
Es hat natürlich überhaupt keine Wirkung, Autosuggestion, die Mädchen denken, sie hätten Drogen genommen und geben sich enthemmt, funktioniert meistens.
»So«, sage ich, »du weißt gar nicht, wer ich bin?«
»Du bist im Fernsehen«, sagt sie. »Ich kenne dich aus dem Fernsehen.«
»Dein Name ist zum Kotzen«, sage ich, »wie heißt du wirklich?«
»Das geht Sie nichts an.«
»Hast du Abitur?«, frage ich.
Sie lächelt einfach nur blöde.
»Das war eine Frage«, sage ich.
»Wofür brauche ich ein Abitur?«
Sie schaut nur so, und um sie zu demütigen fordere ich sie auf zu tanzen, womit sie sofort beginnt.
»Beruhig dich mal wieder«, sage ich. Sie sieht mich ratlos an.
Ich habe noch ein wenig Lust auf Konversation.
»Wo bist du denn so rumgekommen? Warst du schon mal in den USA?«
Sie schüttelt den Kopf.

Vor mir kniet Jamuna oder wie immer die Fotze heißt und starrt meinen großen Schwanz an, ihr Lächeln ist irgendwie verzerrt, oder sie lächelt gar nicht, sie lächelt auf jeden Fall nicht mehr, als ich nach ihrem Hinterkopf greife.
Sie sieht mich an, als müsste sie gleich kotzen.
Ich muss irgendetwas an der Situation ändern, denn mein Schwanz verliert augenblicklich an Festigkeit und Härte.
Ich stoße ihr meinen langen dünnen Hundeschwanz tief in die Kehle.
Sie ist wirklich erschrocken, so als hätte sie das noch nie erlebt, und ich genieße es wirklich, es sieht auch klasse aus, mein großer Schwanz zwischen ihren Wangen, und manchmal hebt sie den Blick und sieht mich hasserfüllt oder begeistert an und saugt an meinem Schwanz.
»Ich kann nicht mehr«, sagt Jamuna.
»Wieso kannst du nicht mehr?« frage ich.
»Mein Rücken.«
So eine blöde kranke Kuh, denke ich und stehe auf und sage ihr, dass sie sich hinlegen soll, was sie dann auch wirklich dankbar tut.
Ich möchte sie küssen, und wenn sie sagt, das kostet extra, dann schlage ich ihr wirklich den Schädel ein, dabei gehe ich kurz die Basics für die morgige Sendung durch und fluche still vor mir hin.
Ich nehme einen Dildo, der vorher (vor ihr) schon in zwanzig Huren gesteckt hat (zwei davon leben nicht mehr).
»Du willst einen dicken schwarzen Schwanz.«
Sie gibt keine Antwort, und ich stoße so hart zu, wie ich kann, aber das Ding ist leider aus Gummi und nicht aus Holz oder Stacheldraht.
Jamuna stöhnt und behauptet vielleicht zu kommen, was mich noch ärgerlicher macht, weil ich nur glaube, sie hofft die Sache damit abzukürzen oder sie findet das wirklich geil, ich weiß gar nicht, was schlimmer wäre.

Ich ramme ihr meinen Schwanz wieder tief in die Kehle.
Und ich habe Angst, dass es mir kommt, ohne dass ich diese dreckige Nutte gefickt habe, und es gelingt mir, mich zu beherrschen.
Schließlich muss ich sie ficken. Leider muss ich dabei ein Kondom benutzen.
Sie tut so, als würde sie die Sache hassen, aber das wirkt auf mich wie die stümperhafte Arbeit einer Schauspielerin und überzeugt mich wieder davon, zu viel Geld auszugeben, weil man immer auf diese Agenturen reinfällt. Dabei blutet sie auch noch, so eine Schweinerei.
Danach durchsuche ich ihre Klamotten nach Kameras und Handykameras, ich bin ein gebranntes Kind, aber ich finde nichts. Ich zahle nicht einen Cent mehr als verabredet.

39

Die Frauen tragen kurze Kleider, und alle Menschen sind viel besser gelaunt. Jedermann hat ein freundliches Wort auf den Lippen. Es geht nie um Geschwindigkeit, immer nur um Beschleunigung, hat HP gesagt, und ich finde, ich verstehe, was er meint, obwohl er eigentlich nur vom Autofahren gesprochen hat.
Heute ist mir ein ganz kleiner Schäferhundwelpe begegnet vor der Tür der Nachbarin; er hat mit seinen winzigen Zähnen an meiner Hand gekaut, und ich war glücklich.
Mit jedem Frühjahr brechen von neuem üppige Blumen hervor. Wundersame Blüten, scharlachrot. Purpurne Kelche, zartes Grün und zierliche Gelbtöne. Bäume gibt es mit Goldäpfeln, mit jadefarbenen Pflaumen, Pfirsichbäume, Aprikosen, Pfingstrosen, wilder Apfel, weiße Rosen, Flieder, Jasmin, den man ins Haar stecken kann.

Alles geht durcheinander, die Farben und Jahreszeiten.
Wie sieht er aus, zu dem ich jetzt gehe?
Schwarzgetönt sein Gesicht wie Jujubabeeren.
Sternschnuppen sprühen aus seinen Augen,
das schwarzseidene Gewand bestickt mit vielerlei Blumen,
sein Haar umrahmt das Haupt eines wilden Tigers,
das Schwert in seiner Hand mit den Einlegearbeiten, die sieben Zwillinge zeigen,
ein azurfarbener Gürtel umschließt seine Taille.

Amrit hält meine Hand, während ich weine, ohne Grund, hysterisch, also nicht wirklich ohne Grund und auch nicht wirklich hysterisch, ich lasse mich von mir selbst ordentlich durchschütteln. Dann weiß ich selbst nicht mehr weiter.

»Was ist denn los?«

»Das ist nicht so leicht zu beantworten. In einem Satz.«

»Niemand hat von einem Satz gesprochen. Wir Inder haben Zeit. Wir glauben gar nicht an so was wie Zeit.«

Jetzt wird er plötzlich philosophisch, weil er eine weinende Frau im Arm hat.

Wir sitzen am Ufer und rauchen Gras.

»Sie haben meinen Vater zusammengeschlagen.«

Das ist das erste, was mir einfällt. Wenn es auch nicht das erste oder letzte ist, was passiert ist.

»Scheiße, das tut mir leid.«

»Ja, Scheiße. Sie haben ihm drei Rippen gebrochen und die Milz oder so zerquetscht.«

»Wer war das?«

»Ihm geht's schon wieder ganz gut.«

»Er ist zu Hause?«

»Ja, er liegt auf dem Sofa und hat Mitleid mit sich.«

»Hey Kleine, das tut mir echt leid. Welche Schweine waren das?«

»Mirko.«

»Wer ist Mirko?«
»Das ist eine längere Geschichte.«
Amrit hat Zeit für mich, weil so was ja gar nicht für ihn existiert, also erzähle ich ihm, was passiert ist.
Dass wir Billardspielen waren, dass Papa eine Unmenge Geld verloren hat, dass ich Mutter bestohlen habe.
»Wie heißt dieser Mirko?«
»Mirko.«
»Wo finde ich ihn.«
»Mach keinen Quatsch.«
»Gib mir einfach seine Adresse.«
»Ich habe eine Karte.«
»Her damit.«
»Was willst du tun?«
»Nachdenken. – Aber dazu brauche ich seine Karte.«
Ich gebe ihm also die Karte und habe ein ganz schlechtes Gefühl dabei, und gleichzeitig ein ganz großartiges, weil jemand etwas für mich tun will.
Es lärmen ein paar Vögel.
Ich suche mit meinem Mund seinen Mund und finde ihn auch und wir küssen uns.
Weil wir hier nicht weitermachen können, gehen wir zu mir nach Hause. Und er fasst tatsächlich meine Brüste an, als hätte ich das nach all diesem Schwachsinn endlich verdient. Habe ich auch.
Er zieht mir das T-Shirt aus.
Ich öffne selbst den Verschluss meines BHs, weil ich Angst habe, dass es eine (unnötige) Verzögerung gibt.
»Die sind wunderschön.«
Er küsst meine Brüste, und ich fasse fest in sein schwarzes Haar.
Draußen lärmt ein Feuerwehrauto, aber das gehört hier schon fast dazu.

Ich ziehe ihm sein Hemd über den Kopf und lecke seine Brustwarzen. Ich kneife hinein, ich kann gar nicht anders, sie sind so wunderschön, und wofür sind sie sonst da.
»Was willst du tun?«
»Ab jetzt für immer auf dich aufpassen.«
»Das musst du nicht.«
»Wir klären das«, sagt er und zieht mir die Jeans aus, und ich wünsche mir, dass es schnell dunkel wird, was nicht passieren wird, und ich frage mich noch, welchen Slip ich anhabe, aber ich weiß es wirklich nicht und hoffe nur, es ist nicht der mit den Mickeymäusen, und ich hoffe auch, dass ich ihn bald nicht mehr anhaben werde.
»Ich liebe dich so sehr«, sage ich.
Und Amrit sagt nichts Dummes, sondern hört gar nicht mehr auf mich zu küssen, und dann sagt er:
»Ich bin bei dir.«
Ich will gar nicht wissen, ob er mich liebt, Hauptsache er liebt mich. Wirklich.
Eine Stunde später schleicht Amrit aus der Wohnung.

40

»Du glaubst, weil dein Vater außer Gefecht gesetzt ist, kannst du dir alles erlauben?«
Dazu sage ich erstmal nichts. Und ich überlege auch, einfach aus dem Raum zu gehen. Aber ich weiß, dass mir das nichts nützen wird, Mama hat diesen Verfolgerblick aufgesetzt, dieses Zur-Rede-stellen-Gesicht, dass ich schon seit sechzehn Jahren kenne und das immer schlimmer wird, je älter ich werde. Irgendwann wird das wieder abnehmen, hoffe ich, ewig kann das nicht so gehen.

Ich sage:
»Ich bringe alles wieder in Ordnung.«
»Du triffst dich mit Männern.«
Schlimmer wäre nur die Frage nach dem verschwundenen Geld.
»Was dagegen?«
Die Dinge haben alle miteinander zu tun, aber wie soll ich ihr das vermitteln? Ich weiß nicht, ob ihr jetzt auch irgendwelche Gerüchte, die es ja geben muss, zu Ohren gekommen sind, oder ob sie Amrit meint und nur Amrit. »Amrit ist mein Freund.«
Meine Mutter lächelt.
»Hast du überhaupt keine Hemmungen mehr?«
Da trifft sie einen wunden Punkt, das habe ich mich selbst die letzten zwei Wochen ständig gefragt.
»Was willst du von mir?«
»Ich will ein bisschen Respekt.«
Ich habe es aufgeben, aus dem Fenster zu gucken, und befinde mich wieder im Vorwurfsfeuer ihrer grünen und dunklen Augen. Ich zupfe an meinem Ohrläppchen herum, weil ich nicht weiter weiß, und muss an Amrit denken und an mein Ohrläppchen.
»Ich weiß nicht, wovon du redest.«
»Du weißt genau, wovon ich rede.«
Ich zucke mit den Schultern.
»Wenn ich das Papa sage, schlägt er dich tot.«
»Ich kann mich erinnern, dass da mal jemand auf dem Sofa saß, als Papa im Krankenhaus war.«
Da schlägt sie mir mit der flachen Hand ins Gesicht.

41

***

Liebe ist härter als Wasser. Der Tropfen höhlt den Stein. Intimlärm ist eine Art Naturgewalt, dagegen kann man nicht erfolgreich klagen. Das hat mir ein Mann erklärt, der wollte, dass ich sehr laut schreie. Das ist mir von allem fast am schwersten gefallen. Ich habe das Geld zusammen.

42

»Ist doch wie im Orient hier. Hab ich extra machen lassen. Hat eine Stange Geld gekostet.«

Mirko grinst. Tatsächlich glaube ich in seinem Gesicht eine Spur von Verlegenheit zu erkennen.

Ich nicke finster.

»Gefällt dir wohl nicht. Na ja, muss dir ja nicht gefallen.«

Der Laden am Moritzplatz sieht aus, wie ein bekiffter Lude sich Tausendundeine Nacht vorstellt. Vor lauter Kram und Plüsch und Zierschwertern und Kissen weiß man gar nicht, wo man hinschauen soll.

Er bestellt mir eine Cola, und ich weiß nicht, wie ich anfangen soll, da ich ja keine Schusswaffe dabeihabe, dann wüsste ich wohl, wie ich anfangen würde, nämlich mit einem lauten Knall.

»Warum hast du meinen Vater zusammenschlagen lassen?«

Mirko zündet sich eine Zigarette an.

»Hier darf man alles. Hier gibt es kein Rauchverbot. Für mich gibt es sowieso kein Rauchverbot, ich bin wie Helmut Schmidt, aber du weißt vermutlich nicht mal, wer das ist.«

»Ich bring dich um.«
Er schaut wirklich entgeistert und sieht sich um, ob jemand meine Attacke mitbekommen hat, aber da es gerade erst vier Uhr ist, ist keine Sau da, nur die asiatische Fastschönheit, die hinterm Tresen steht und gleichbleibend asiatisch schaut, weise wie Buddha und dumm wie ein Stück Brot.
»Hör mal, brüll hier nicht so rum, ich weiß nicht, wovon du redest.«
»Ich rede davon, dass mein Vater mit gequetschter Milz und gebrochenen Rippen im Krankenhaus war.«
»Oh«, er grinst. »Das ist ja nicht so wild. Davon stirbt man nicht, soll ich dir mal meine Narben zeigen? Ich hatte mal Probleme mit den Hells Angels.«
Er trinkt den letzten Schluck aus seiner Flasche Bier und sagt: »Ich unterhalte mich echt gern mit dir, du hast immer was Komisches zu erzählen.«
»Wenn du ihn noch einmal anrührst, bring ich dich um.«
»Piano, kleine Lady, ich glaub dir ja, aber ich bin der Junge, der nichts gemacht hat.«
Er winkt der Asiatin zu und bekommt ein neues Flensburger und lässt den Korken mit einer Hand aufschnappen und findet sich irrsinnig toll dabei.
Ein Kunde betritt den Laden und sieht sich verzweifelt um, denn außer mir gibt es vor dem Tresen keine Damen. Die Asiatin winkt ihn heran und drückt einen Klingelknopf.
»Das war völlig überflüssig, ich habe gesagt, dass ich bezahlen werde.«
Er grinst mit seiner kantigen Fresse und lässt die Muskeln unter der tätowierten Haut spielen. »Ja, das hast du. Und das musst du auch. Aber was deinen Vater angeht, ich habe ihm keins seiner grauen Haare gekrümmt, warum auch.«
»Und wieso liegt er dann halbtot zu Hause?«

»Hör mal, das weiß ich auch nicht. Vielleicht hat er irgendeinen Fehler gemacht.«
Drei Nutten tauchen aus dem Nichts auf, sind einfach da und gruppieren sich um den einzigen Gast, der mittlerweile ein paar Meter entfernt von uns auf einem Barhocker sitzt und eine Bionade trinkt.
»Du hast auch einen Fehler gemacht.«
»Ist doch echt schön hier. Kannst du dir nicht vorstellen, hier zu arbeiten?«
Langsam gewinne ich meine Souveränität zurück, weil ich mir eingestehe, dass ich heute wohl nicht zu meiner Rache kommen werde.
»Unter einem anderen Chef schon.«
Mirko grinst.
»Du bist echt gut, Kleine.«
Am liebsten würde ich mir die Prostituierten ansehen, aber die befinden sich in meinem Rücken und mittlerweile läuft Fahrstuhlmusik, sodass ich nicht höre, was hinter mir gesprochen wird.
»Der Fehler war, sich mit so einem Schwein wie dir einzulassen.«
Das hört er nun doch nicht gerne.
»Hör zu, wenn du willst, dass ich dir nicht gleich den Hals umdrehe, dann halt die Fresse.«
Und er hält mir seine fette Pranke unters Kinn, ohne zuzufassen. Dabei schaut er mir über die Schulter, um zu sehen, ob er nicht zu laut war, um den Geschäftsbetrieb nicht zu stören.
»Ich habe keine Angst«, sage ich.
»Gut für dich, dann hau jetzt ab. Die Geschäftsbedingungen hier erkläre ich dir ein andermal. Und wenn du noch mal kommst, zieh dir nicht so einen Scheiß an.«
An der Hand einer Nutte, die ich leider nur von hinten sehe, entschwindet der Bionademann an uns vorbei irgendwelchen Hinterzimmern zu.

»Den hätt ich auch gern gehabt, der ist in zehn Minuten fertig«, sage ich.
»Siebeneinhalb. Du bist echt gut, Kleine.«
Die Musik ist schon wieder aus, als hätte der Kunde sie mitgebracht und als sei sie nun wieder mit ihm verschwunden.
Ich will nicht so gedemütigt gehen, aber mir fällt überhaupt nichts ein. Und ich muss ihm auch noch das Geld geben, damit die Sache ein für allemal aus der Welt ist.
Mirko hat noch was zu sagen: »Willst du noch auf den nächsten Kunden warten? Für dich würde ich auch zwanzig Euro ausgeben, aber weißt du was: Ich ficke nur noch aus Liebe.«
Dabei streichelt er meine Wange.
Ich hole aus und will ihn ins Gesicht schlagen, aber er ist schneller und fängt meine Hand ab. Er lächelt triumphierend. Er lässt mein Handgelenk nicht los und drückt fest zu.
»Ich will dir mal was sagen. Ich habe keine Ahnung, warum man deinem Vater auf die Fresse gehauen hat. Ich war es jedenfalls nicht. Er hat seine Schulden bezahlt.«
Dann lässt er mich los. Ich bin verwirrt und weiß nicht, was ich sagen soll, ich würde jedenfalls gerne einen großen Holzpflock in seine Brust rammen. »Er hat bezahlt?«
»Schon lange, auf Heller und Pfennig, und im Moment bist du die einzige, der ich irgendwelche Schläger auf den Hals hetzen sollte.«
Es klingelt und das Mädchen hinterm Tresen fragt, wer da ist. Die Antwort höre ich nicht.
»Das stimmt wirklich?«
»Ja. Denk mal drüber nach.«
Die Tür in meinem Rücken öffnet sich, ich drehe mich um, und bestimmt zehn oder zwölf angetrunkene Geschäftsleute, Polen oder Russen, betreten laut redend den Raum.
Wieder tauchen sehr schnell drei Mädchen auf, aber ich bin noch damit beschäftigt, darüber nachzudenken, ob ich ihm glauben

kann, und was ich überhaupt glauben soll. Da werde ich von einem dieser Anzugträger umarmt, und er drückt weiche Schlabberlippen in meinen Nacken und sagt:
»Dich haben wollen.«
Ich sage: »Fünfhundert Euro.«
Er sieht mich ungläubig an. »For a week?«
Mirko packt ihn am Arm und zieht ihn wie eine Puppe weg von mir und stößt ihn, als er nicht gehen will, leicht vor die Brust.
»Hau jetzt ab.«
Ich stehe auf.
Der Geschäftsmann kommt wieder zu uns, drängt sich zwischen mich und Mirko. »I have the money.«
Mirko schiebt ihn erneut weg und steht nun auch von seinem Barhocker auf.
»Ich bring dich raus.«
Wir gehen.

Draußen knallt die Sonne vom Himmel.
»Du siehst, was du hier verdienen könntest.«
»Du hast meinen Vater nicht zusammenschlagen lassen?«
»Ich sag's nur noch einmal, dann lass ich ihn zusammenschlagen, weil er eine so blöde Tochter hat: Nein. Und noch was: Von dir will ich kein Geld. Ich schenke es dir. Du schuldest mir nichts. Vergiss es.«

43

Der Mann, der mit mir in einem Raum ist, hat die Klimaanlage ausgeschaltet und die Fenster geöffnet, es ist sehr heiß draußen, über dreißig Grad, total windstill, und hier im Zimmer wird es nicht viel kühler sein. Wir schauen auf einen großen Flachbildschirm: Das Mädchen tastet sich im Halbdunkeln an einer Wand entlang, als sei sie blind, oder als sähe die Kamera und damit wir viel mehr als das Mädchen.

Wenn man der Hölle entgehen will, muss man alle Hoffnung fahren lassen und sich ein Flugticket kaufen. Der Erdboden entfernt sich schnell. Aus der Höhe sieht man alles in einer gewissen Härte und Klarheit: Ich habe einen Hauptschulabschluss, mehr als dreitausend Euro und eine gewisse Berufserfahrung. Meine Mutter hat einen Liebhaber und einen neuen Job. Mein Vater die Flasche und eine kaputte Milz, die braucht man aber, glaube ich, sowieso nicht. Rike hat sich die Zehennägel lackiert, und das sieht aus wie die Grundierung für einen Panzer. Mamut glaubt wahrscheinlich wirklich noch, dass er von mir Geld bekommt. Die Handlungen bemessen sich nach den Intentionen, und jedem kommt nur das zu, was seiner Intention entspricht.

Das Mädchen oder die junge Frau tastet sich weiter an der Wand entlang, die Kamera schwenkt von ihr weg, und ein Sofa kommt ins Bild, darauf sitzt ein älterer Mann in T-Shirt und Jeans und Cowboystiefeln. Er lächelt in die Kamera. Dann hört man, dass das Mädchen gegen irgendetwas stößt, einen Blecheimer, wie man gleich darauf erkennt, denn sofort schwenkt die Kamera, vom Geräusch aufgeschreckt, dahin.
»Das habe ich mir einfach mal gegönnt«, sagt der Mann, der mit mir in einem Raum ist.
Ich nicke abwesend, so als sei ich völlig gebannt von dem, was ich sehe.
Die Kamera zoomt zurück, und nun sind beide im Bild, der Mann steht auf und sagt:
»Warte, ich helfe dir.«

Er geht auf das Mädchen zu und greift sie am Arm und lässt die andere Hand kurz über ihren Rücken gleiten.
»Du bist schön«, sagt der Mann.
»Ich weiß nicht«, sagt das Mädchen.
Ich denke, woher soll sie das auch wissen, sie ist ja offensichtlich blind.

Mutter hat gesagt: Frauen müssen ihre Geheimnisse haben. Vater hat gesagt: Das ist alles sehr traurig. Ich werde im Flugzeug sagen: Ich möchte das vegetarische Gericht und einen Gin Tonic. Gin Tonic erinnert mich irgendwie an Kerosin, und so was sollte man dann in der Luft – so weit oben angekommen – auch trinken.

»Das ist ein guter Film«, sagt der Mann, mit dem ich mich in einem Raum befinde.
Der Mann im Film fragt das Mädchen im Film, ob ihr nicht heiß sei nach der Anstrengung. Sie nickt schüchtern.
Dann hilft der Mann ihr, das Trägershirt auszuziehen.
Jetzt ist es schon viel besser. Aber es kann noch viel besser werden, denkt der Mann anscheinend und kniet sich vor sie, um ihr aus der Hose zu helfen.
»Dann wollen wir mal«, sagt der Mann.
»Ich bin die ...«
Der Mann zwinkert der Kamera zu.
»Das ist nicht so wichtig.«

Meine Mutter hat auf dem Sofa gesessen und geschaut, als wollte sie alle Familienmitglieder ermorden oder als hätte sie es schon getan. Dann hat sie sich beklagt, dass Vater ihr Geld geklaut hat.
Sie hat gesagt: Es gibt immer einen Grund, jemanden nicht zu verlassen und bei ihm zu bleiben, das ist genau der Denkfehler.

Er hat dir alles durchgehen lassen, das war vielleicht sein Denkfehler, habe ich gedacht, aber nichts gesagt.
Was mich angeht, hat sie noch gesagt: Es wird geredet, aber wenn mir die Leute was erzählen, weißt du was, ich höre einfach nicht hin, verstehst du, ich höre einfach nicht hin, weil das zu nichts führt.
Dann hat sie gesagt: Versprich mir, dass du Abitur machst und Jura studierst. Wenn nicht, darf ich dir die Haut abziehen.
Ich verspreche dir gar nichts, habe ich geantwortet, dieses Abkommen ist garantiert sittenwidrig.

Ich nippe an meinem Campari. Der Mann auf dem Bildschirm fasst die Brüste des Mädchens auf dem Bildschirm an und spielt mit ihren Brustwarzen, die noch von einem orangefarbenen BH bedeckt sind.
»Was machen Sie da?«, fragt das Mädchen.
»Nichts«, sagt der Mann, »das ist ganz normal.«
Der Mann, mit dem ich mich in einem Raum befinde, hat sich mittlerweile neben mich gesetzt und streichelt mit seiner alten Hand meinen Nacken, während der Mann im Film sein T-Shirt auszieht.
»Jetzt geht's gleich los«, sagt der Mann, der meinen Nacken streichelt.

Mit meinem Vater bin ich zum Griechen gegangen und habe eine Platte Lammkoteletts bestellt.
Es waren seine Leute. Er hat sich Geld bei seinen sogenannten Freunden geliehen, die es von sogenannten Freunden besorgt haben, ein Riesengeschäft für alle, außer meinen Vater. Die Freunde der Freunde haben dann keinen Spaß verstanden und jede Woche hundert Euro Zinsen abgezockt. Als das Geld nicht mehr kam, haben sie einfach zu fest zugeschlagen und sich danach sogar ent-

schuldigt, dass diese Zahlungserinnerung so aus dem Ruder lief. Sie haben ihm tatsächlich einen Fünf-Euro-Blumenstrauß ins Krankenhaus gebracht und ihm noch mal vier Wochen Zeit gegeben (bei fortlaufenden Zinsen, versteht sich). Wir haben auf der Terrasse des Griechen Fledermäuse beobachtet oder Mauersegler. Wahrscheinlich zuerst Mauersegler, dann Fledermäuse.
Vater hat an der Kerze zwischen uns herumgedrückt, bis die Flamme zwischen seinen Fingern erloschen ist. Dann hat er versucht, das Wachs an seinen Fingern loszuwerden, und ich musste vor Scham die Augen niederschlagen. Er hat die ganze Zeit Schmerzen gehabt, obwohl er versucht hat, sich nichts anmerken zu lassen. Ich habe ihm einen Umschlag mit Geld in die Jacke geschoben, und ich weiß wirklich nicht, ob er es bemerkt hat oder nicht.

Der Mann, der meinen Nacken streichelt, ist bestimmt über fünfzig und sagt: »Zieh dich aus.« Er schwitzt. Verhalte dich im Diesseits, als seist du ein Fremder.

Amrit hat mir eine Mail geschrieben: *Du siehst, wir haben beide falsche Vorstellungen voneinander gehabt, und auch jetzt kommt es mir so vor, als würdest du mir das schreiben und nicht ich dir.*
Trotzdem werde ich ihn besuchen. Natürlich wurde ich nicht zu seiner Hochzeit eingeladen, aber von seiner begeisterten Familie war alles Notwendige leicht zu erfahren. Ja, ein hübsches Paket wollte ich ihm schicken. Dass es aus mir selbst besteht, habe ich ihnen nicht gesagt.
Amrit hatte sein Ticket schon in der Tasche, als er mich gefickt hat und gesagt hat, dass er mich liebt und bei mir bleiben wird (dabei hätte ich das nie verlangt).
Es geht nach Mumbai, ich werde versuchen, etwas Reis auf das Brautpaar zu werfen, ich weiß nicht, ob man das in Indien so macht, aber Reis wird es wohl geben.

Die junge Frau auf dem Bildschirm hat sich auf den Rücken gelegt, und ihr Kopf hängt hinten so hinunter, dass ihre schwarzen Haare den Boden berühren, das Sofa hat keine Armlehnen. Der Mann auf dem Bildschirm schiebt ihren orangefarbenen Slip zur Seite. Am liebsten würde ich mein Glas in den Bildschirm schleudern. Neben mir sitzt dieser irre nackte alte Mann, der tatsächlich davon ausgeht, dass ich jetzt mit ihm ficken werde, weil er dafür bezahlt hat. Aber da hat er sich geschnitten. Ich fühle mich mit fast siebzehn einfach zu alt für diese Scheiße. Ich springe auf, schnappe mir meine Tasche und bin weg. In vier Stunden geht mein Flug, da werde ich mir indische Filme anschauen, und die gehen immer gut aus.

Lieber HP,
in Indien ist alles anders. Ich bin hier eine Ausländerin, aber eine andere Art von Ausländerin, eine reiche Art von Ausländerin, eine Europäerin, eine Deutsche sogar. Wobei, wenn ich weiter so in der Sonne brate, habe ich bald die Farbe der Einheimischen. Aber selbst dann habe ich dieses weinrote kleine Heftchen (meinen Pass) und für hiesige Verhältnisse eine Menge Geld. Zwei russische Seeleute wollten einen Monatslohn für eine Nacht mit mir hinlegen, aber ich habe abgelehnt, daraufhin haben sie sich dermaßen mit schwarz gebranntem Kokosschnaps berauscht, dass sie ihr Apartment nicht mehr gefunden haben und stockbesoffen in ein fremdes Haus eingedrungen sind. Jetzt sitzen sie in Panaji im Gefängnis, und ihr Schiff wird vermutlich ohne sie ablegen. Mein Mitleid hält sich in Grenzen, aber mir gegenüber waren sie bis zuletzt höflich.
Amrits Hochzeit habe ich sausen lassen. Es war mir von einem Moment auf den anderen nicht mehr so wichtig.
Mit Agnieszka, einer Bühnendekorateurin aus Bochum, bin ich auf einer Enfield (Motorrad) durch Goa gefahren, und wir haben uns Tempel und Missionsstationen und Wasserfälle angeschaut. Es gibt hier Affen und Delphine, und alle bringen Glück.
Wir haben in Strandnähe einen Pizzaladen aufgemacht, ausgerechnet. Die Touristen fressen uns aus der Hand, und mehr und mehr Inder finden es schick, bei den beiden Deutschen diese exotischen Teigfladen zu essen und uns auf die mal mehr, mal weniger verhüllten Brüste zu starren. Wenn mal Zeit ist, dann kann ich mir vorstellen, diesen ganzen Blödsinn aufzuschreiben, ich meine, was mir so passiert ist, obwohl ich nicht genau weiß, wofür das gut sein könnte.

Einen (ernstzunehmenden) Verehrer habe ich auch. Ravi, der träumt davon, mit mir nach Deutschland zu gehen und ein Restaurant zu eröffnen, na ja, warum nicht. Natürlich will er mich heiraten. Aber bei Ganesh, dazu bin ich noch zu jung. Er hat einen spirituellen Meister, das ist hier anscheinend weit verbreitet, der ihm ständig ungeheuer schwerwiegende Weisheiten mit auf den Weg gibt. Sechs davon habe ich mir aufgeschrieben:

1. Wenn du jemandem unter die Arme greifst, dann kann es vorkommen, dass du als nächstes einen Ellenbogen ins Gesicht bekommst.

2. Es gibt ein Gesetz von Ursache und Wirkung. (Karma)

3. Lebe das unbedingte Leben, am besten mit einer Katze auf der Brust / im Herzen. (Ob auf der Brust oder im Herzen, war selbst mit tausendundeiner Nachfrage nicht herauszubekommen.)

4. Lies nicht mein Tagebuch, wenn ich weg bin.

5. Mach dir ein Bild von mir. Mach dir kein Bild von dir.

6. Bei jedem Halt unbedingt prüfen: Öl, Wasser, Reifendruck (Batteriewasser ab und zu).

Nr. 6 bezieht sich hauptsächlich auf das Unterwegssein mit geliehenen Motorrädern, denn man kann den Meister immer auch um konkreten Rat fragen.

Was weiß ich, was Ravi in mich hineinprojiziert, aber wie Du schon gesagt hast, Sachen zwischen Menschen haben immer mit Projektion zu tun, ohne geht es gar nicht. Ravi schreibt auch Gedichte, in denen, soweit ich sie verstehe, viel vom Mond, vom Ganges, vom Meer und von Prinzessinnen die Rede ist. Ich finde das wunderbar, obwohl Du diese Texte vermutlich unter generellen Kitschverdacht stellen würdest. Aber, andere Länder, andere Sitten, auch was die Lyrik angeht.

Also, ich höre jetzt auf. Diese Schönheit eines Strandes mit einem wahnsinnig schnellen Sonnenuntergang, so schnell, dass man nicht andächtig da sitzt, sondern es einem den Verstand raubt. Und man kann nicht mal schnell pinkeln gehen, weil dann ist die Sonne weg und die Dunkelheit fällt wie ein Vorhang. Dann ist es gut, wenn man nicht allein ist, hier und anderswo, mit einem Stift kann man dann nichts mehr anfangen, zu dunkel, und wenn man Licht macht, fressen einen die Mücken.

xxx
Jamuna

Was wäre, wenn man allem Vertrauten den Rücken zukehrte, einfach so? Wenn man sich auf das Unerhörte einließe?

Katja Oskamp

Hellersdorfer Perle

224 Seiten / gebunden mit Schutzumschlag

ISBN 978-3-8218-6110-4

Die Frau, Mitte dreißig, führt ein standesgemäßes Berliner Leben: Der Freund ist Theaterkritiker, die kleine Tochter wird geliebt, alles ist geregelt und gut. Bis die Frau eines Abends ihre Sachen packt und in eine Straßenbahn steigt. Am Ende ihrer Fahrt, am äußersten Rand der Stadt, betritt sie eine Kneipe. Am Tresen sitzt ein älterer Mann mit Stock, der sie vom ersten Augenblick auf rätselhafte Weise fasziniert …

»*Hellersdorfer Perle* bleibt ein pralles, derbes Stück Prosa übers Auskosten und Abschweifen, über Macht, Verachtung und Idealisierung – kurzum: über die seltsamen Regularien der Leidenschaft.«
Anja Hirsch, Frankfurter Rundschau

Von Kairo in die Wiener Vergangenheit und wieder zurück

Ruth Cerha

Kopf aus den Wolken

256 Seiten / gebunden mit Schutzumschlag
ISBN 978-3-8218-6114-2

Anna ist jung, ungebunden, rastlos. Erst in Kairo, wo sie dem Künstler Paul begegnet, kommt eine lange Reise zum Stillstand. Es entspinnt sich eine zarte Affäre: Pauls Zurückhaltung und Verletzlichkeit berühren sie, und dann sind da seine Zeichnungen, die auf unheimliche Weise Bilder aus ihrer Wiener Kindheit heraufbeschwören. Hals über Kopf beendet Anna die Beziehung – und weiß doch genau, dass es nicht Paul ist, vor dem sie flieht, sondern vor der eigenen Vergangenheit …

»Die Wienerin Ruth Cerha behandelt in ihrem tollen Debüt poetisch, aber völlig unkitschig die allgegenwärtige Frage: Wann und wo bin ich endlich angekommen?« *Glamour*